我的晃荡的青春

〔日〕 东野圭吾 著

代珂 译

南海出版公司

新经典文化股份有限公司
www.readinglife.com
出　品

目 录

要人命的球类运动会

我有两个姐姐。大姐快小学毕业的时候，母亲曾被好几个人问过同样一个问题。

那个问题是：“你家老大准备上哪个初中？”

“哦，准备上 H 中啊。”母亲回答。

H 中是位于我们那个地区的市立中学。对于让自己的女儿去那里读书这件事，母亲从未抱有任何疑虑。

人们听到母亲的回答后，全是一样的反应——先是神情讶异，然后半信半疑，之后他们会这样说：“还以为你家会让孩子去读私立呢。”

“私立？怎么会。”

母亲否定之后，对方瞪大眼睛盯着母亲的脸。

“唉，H 中啊。唉，唉——那接下来可辛苦啦。”他们总是留下这句不明所以的话，然后带着近乎哀怜的神情转身离去。

因为从太多人嘴里听到同样的话，于是母亲问姐姐同年级学生的升学情况。

“不知道。”姐姐答道。那时候的她，除了收集舟木一夫的照片之外，对任何事都没兴趣。

母亲只得慌忙从周围打探消息，结果发现上私立中学的孩子出乎意料地多。对于一谈及教育就要呵斥“别光顾着玩，给我好好学习”的母亲来说，这实在算得上是个文化冲击。

“这公立学校是不是水平太低啊。我们是不是也把真由美送到私立中学去好些？”母亲变得不安，去找父亲商量。

父亲当时以修钟表营生，他趴在工作台上听母亲讲完后，一本正经地抱起胳膊，低吟了一声。

“也无所谓吧，就算是去公立。”

“是吗？”

“嗯。初中还不是去哪儿都一样。主要还得靠自己努力。”

“靠自己努力”，对于不想在教育上花钱的父母来说，这句话再好用不过了。如果送孩子去私立学校就又得花钱，正为此郁郁寡欢的母亲也因这句话而打消了疑虑。

“是啊。还是要靠自己努力。我们只要叮嘱真由美，让她在H中好好学习就行啦。”

“嗯。跟她讲，跟她事先讲好。”

就这样，父母的意见达成一致，大姐最终还是被送去了H中。

但有件事父母并不知道。周围的人之所以那样讲，并不只是因为那里的教学水平低这么简单，还有其他更重要的原因。

那时候的 H 中，是一个令人望而生畏的无法无天之地。

姐姐说，这无法无天的环境，出自比她高两届的学生之手。这些前辈后来被称作“恐怖的第十七届”，其暴行据说可怕至极。打架斗殴是家常便饭，在大街上被警察训斥都还算好的，甚至老师和家长去把因偷东西或恐吓勒索而被抓的学生领回来都是常有的事。厕所里总有一股烟味，走廊变成赌场，体育馆后面则是他们的行刑场，甚至老师也接二连三地在那里遭受暴行。

正因为是这样一种情况，所以当他们即将迎来毕业典礼时，以教师为首的校方人员应该全都深深地松了一口气吧。可这帮家伙当然不会因为毕业典礼就变得老实。果不出所料，他们在典礼中途全都站了起来，不顾老师们的制止冲出了体育馆，冲上教学楼的楼顶，尽情挥洒对学校的谩骂，最后，还扯下了挂在一旁的校旗撕成碎片。

究竟是什么令他们如此狂暴已无从查证，总之，因为恐怖的第十七届，“H 中校风太差”这一评价随之深入人心。

“早知道这样，真应该把真由美送到私立学校去。”得知真相的父母终于叹息着说出这句话。

虽然嘴上反省，但父母最终还是把二姐和我都送进了 H 中。他们究竟是怎么想的呢？可能是好了伤疤忘了痛吧，看到大姐没有变成不良学生而是还算顺利地结束了初中生活，他们便也觉得无所谓了。

导致父母大意的另一个原因，是H中的风评正逐渐好转。第十七届之后，再没出现过那么坏的学生。其实当我入学的时候，学校里早已没有那种四处散发着罪恶气息的氛围了。可能因为正好赶上世博会，受到社会大环境的影响吧，学校里同样一片欣欣向荣。

不过那时候，第十七届学生留下的痕迹在校园里仍旧随处可见。当时有一个老师拖着一条腿走路，听到那是因为遭受他们的暴行而落下的残疾时，我后背直发凉。

就这样，我也进了H中。刚开始时平安无事。虽说是一所校风不好的学校，但习惯过后就会觉得舒适了。

跟天灾一样，人祸也总在被忘却之后卷土重来。就像是一次突然的到访，当关于恐怖的第十七届的记忆在校方人员的脑海里消散殆尽的时候，令人无从下手的学生们再次出现了。他们被称作“疯狂的第二十四届”。H中的黑暗时代再次降临。

而这第二十四届，正是我所在的年级。

通常情况下，不良学生都是升到三年级时才开始露出獠牙，可这一届从二年级开始就早早地释放出邪恶的本性。就凭这一点，这帮人升上三年级之后究竟会变成什么模样，光是想象就足以让人凭空陷入深深的恐惧。所以在升入三年级分班的时候，我所期望的，既不是“班里有可爱的女生”，也不是“班主任别是啰唆的大叔大妈”，我的愿望只有一个，就是“能进个平安无事的班级”。

真的，我认真地这样祈祷过。

班级共八个，而我被分到了初三八班。到底是个怎样的班级呢？我怀着忐忑不安的心情走进了教室。

开门进去的时候，学生大致都到齐了。我赶紧将所有人打量了一番。瞬间，我觉得一定是哪里搞错了。

教室里聚集着一群尽人皆知的不良学生。这简直就像是故意从二年级的各个班里把问题学生挑了出来一般。那些学生则对这样的状况十分满意，只见他们霸占了教室后方，开始狂欢起来。其中还有人早已玩起了花牌。再看看其他学生，有人表情沉痛地抱着胳膊坐在教室前方，有人则木然地盯着虚空。考虑到接下来的一年，只要是稍正常点的学生，自然会变得忧郁。

面对如此惨不忍睹的一幕，我甚至怀疑这是否是学校的阴谋。如果在八个箱子里各放一个烂苹果，那么最终所有的苹果都没救。这样还不如将全部烂苹果集中在一起，要损失也只是损失一箱。如果真是如此，那就代表校方将我视为一个“即便烂了也无所谓的苹果”。虽然难以置信，不过鉴于我平时总跟老师顶嘴，便也不能轻易让校方将这种看法挥去。

我初中生活的最后一年就这样开始了，而身处这种班级也注定无法好好上课。不出所料，那真是一片奇异的景象。

先是第一学期[①] 刚开始，整个班级就鲜明地分裂为两个部分。

①日本学校一年一般有三个学期。4 月至 7 月为第一学期，9 月至 12 月为第二学期，1 月中旬至 2 月底为第三学期。

靠近讲台的前半部分，是勉强试图听课的群体。而后半部分，则是完全没有那种打算的罪恶集团。不管是上课还是其他时间，他们总是无休止地打扑克、看色情书、商量接下来要玩什么。我坐在教室的正中间。有一次，我忽然听见女生“啊啊”的娇喘声，于是转身去看，发现两个男生正将一个女生压倒在椅子上，肆无忌惮地揉捏着她的身体。那个女生当然也不是什么正经学生，火红的卷发，艳丽的口红，化妆品的气味甚至有些刺鼻，不管怎么看都像是个以陪酒为生的老女人。将她那长及脚踝的裙子掀了起来的男生意识到我的视线后，只说了一句：“你要是想摸也可以哦。”

他在窃笑。我当然选择退避。这种模仿小区主妇或白川和子的嬉戏行为，那之后时常见到。当时正值日活浪漫情色[①] 的全盛时期。

面对这样的情形，老师们当然不会视而不见。一开始，所有的老师都开口训斥。然而两个星期、三个星期过后，几乎所有人都选择了放弃，上课的时候也尽量不朝教室后方看了。

“求你们了，就算你们要闹，也至少不要盖过我的声音吧。”其中还有老师曾如此恳求过。

教数学的女老师一直不辞辛劳地对他们的行为加以喝止。有一次她喊道：“吵死了，给我安静点！”几秒之后，从教室后方飞

① 20 世纪 70 年代电影行业萎靡不振，日活株式会社推出低成本成人电影，掀起“日活浪漫情色”的电影成人化潮流。白川和子等主演的小区主妇题材影片作为这一潮流的初期作品问世并获得成功。

出一把小刀，扎在了讲台的边缘。从此她再也没说过什么。

老师如是，班长便更不可能有管理班级的能力，而且一开始决定谁当班长的方法就很敷衍。一般情况下，班长都是由成绩最好并且有相应领导能力的学生当选，可我们当时的决定标准只有一个——没有加入那群坏学生的人当中个子最高的。

那个人竟然是我。

班级整体都这样了，周围的同学自然不会对我抱有什么期望，班长这个头衔也没有太大的负担。上课时闹个没完的罪恶集团，在我负责开班会决定一些事情的时候，也对我示以相对安静的态度。

但这其中也并不是全无辛劳。有时候，我打心眼儿里恨自己是个班长。最显著的例子就是开球类运动会的时候。

运动会是升上三年级大约一个月之后举行的。项目分为排球和篮球，所有人都必须从中选择一项参加。

参赛选手是班会时决定的，可当时却产生了一种现象——普通学生都选择排球，而坏学生则全都集中在篮球。

为什么会变成这样呢？只要想一想这两种运动的特征，理由也就很容易明白了。排球比赛时，一张球网将敌我双方隔在两边，并不会产生直接的身体接触。而打篮球如果不和对方接触就无法比赛。可见，普通学生早预料到篮球比赛会演变成群殴，所以刻意避开，罪恶集团则正是期待着这一点而做出了选择。

但最终决定参赛选手的时候却出现了问题。选择排球的人太多，不得不进行调整。可普通学生自然不会那么简单地听进我的劝说。

“我也要参加篮球项目，你们就陪陪我吧。”最终，我以这样的手段才勉强说服了几个人。

在这样的前提之下，球类运动会当天带给人的自然只有忧愁。无独有偶，第一场比赛的对手，竟然是在比坏这一点上跟八班实力接近的四班。比赛平安无事地结束——这种奢望是无论如何都不可能了。

一切从赛前准备开始就显得不正常。我们班准备参加篮球比赛的选手——那些坏学生互相传看着自己带来的凶器。有人将螺丝刀或匕首揣在运动服口袋里，有人戴着手背部分塞了皮带扣的棉手套，还有人为了使出头槌而在头带下绑了铁板，甚至有人拿来了一把光秃秃的折叠雨伞的伞柄，也不知道打算藏到哪里。他们也同样注重防御，所有人都在腹部绑了娱乐杂志或漫画杂志，大概都是登了田中真理裸照的《平凡Punch》或者连载《超蠢男人甲子园》的《少年Sunday》之类。

“跑吧。”一个即将参加这场比赛的朋友对我说，“跟这帮家伙一起，有几条命都不够死啊。”

“话是没错，但好歹我也是班长啊。现在跑了，回头还不知道要被怎么训呢。”

“那，你上吧。我躲起来。”

“滚蛋！都到这一步了，死也要带上你。”我死死地抓紧那个朋友的手腕。

比赛终于开始了。坏学生们高喊着“好——上啊”，昂首挺胸。

因为是篮球，一次上场的人数是有限的。不过这次运动会有规定，所有人都必须上场一次。

“就算上场，也决不靠近篮球一步。”这是我们这些普通学生事前制订的战略。因为一旦碰着球，肯定会受到对方的犯规攻击。

可一旦上场比赛，这计划却无法顺利执行。再怎么躲，来自队友的传球也只能接下。这时候必须立刻把球再传出去，稍微慢一点点，就会被敌方队员攻击。当我在篮筐下接到了传球而不得不投篮的时候，就会受到来自四面八方噼里啪啦的一阵拳打脚踢。即便如此也根本没有人吹犯规。裁判是校篮球队的，那小子似乎意识到了自身的危险处境，坚决不靠近可能发生身体冲撞的区域。也不知道是怎么回事，球场附近根本看不见老师们的身影。

就在比赛接近中场休息的时候，所有人早已隐约有所预感的事情终于发生了——有人负伤了。受害者是对方队伍里一个挥舞着塑料锤的小混混。只见他猛地倒地，白色运动裤的大腿部分眼看着就被鲜血染红，赫然插在伤口上的正是比赛前看到过的那把螺丝刀。

场面骚乱不堪，这时候老师们才终于跑了过来。

“谁啊！谁把这玩意儿带来的？”

体育老师怒吼。自然没有一个人吱声。

“这又是谁带来的？”老师又捡起地上的塑料锤喊道。它的主人——那个小混混则忍痛保持沉默。看到他那副模样，连我们这些普通学生也忍俊不禁。

运动会被迫中止，所有参与比赛的人都被要求当场接受搜身。那些好像摔角比赛中坏角色们常使用的小道具被接二连三地搜了出来，全集中堆在刚才还进行着比赛的球场中央。我也被搜了身。

“真是要命啊，这帮家伙……”搜我身的老师像是在呻吟般地自言自语道。

也不知是警车还是救护车，警笛声越来越近了。我被要求双手高举过头，看上去就像是在高呼万岁，可其实心里想的却是：考高中什么的都无所谓了，我只求能这样四肢健全地毕业就好。

消失了的同学

我们H中三年八班的宣传板报上，一直保留有一张用图钉固定着的照片，是分班后不久拍的。那应该是班主任放上去的吧，但我完全不明白他为什么要这样做。如果是想加深学生之间的感情，那他这一招可以说是完全落空了。前文已述，我们班上聚集着很多坏学生，而他们在照集体照的时候也充分发挥了自己的本领。他们像是事先商量好了，所有人都摆出一副典型的小混混表情——微微歪起头、下巴朝前伸、嘴巴半张、眉头扭在一起、瞪着镜头。这种集体瞪眼（我们关西方言管这叫“切眼”）的照片，怎么可能对加深感情有帮助呢？

即便如此，这张照片还是一直留在了宣传板报上，直到我们毕业。

第二学期的某一天，我无意中打量起那张照片，发现了一件奇怪的事情。我在照片中发现了一个陌生的女生。

哎？这学生应该不是我们班的吧。我这样想着。

看了一会儿之后，我才发觉这个女生的脸似乎在哪里见过。刚升初三的时候，她确实在我们班。姓什么也想起来了，应该是A田同学。

但是，这位A田同学在我看照片的时候已经不在这个班了。

她去哪里了呢？什么时候开始不在的呢？我歪头思考着。比起其他女同学来，A田同学算是可爱的，光凭这一点，也令我更加在意。

我怎么想都想不起来，于是决定去问朋友。结果，几乎所有人都甚至不记得班上曾经有过这样一名同学。

“嗯？有过那样一个人吗？”很多人都这样说，然后再看看集体照，才第一次意识到A田同学的存在。

就算有人还记得，那记忆也都跟我的程度相当，答不上来她究竟是什么时候开始不在的。

我见男生没有希望，转而去问女生。但令人瞠目的是，连女生也有一大半完全遗忘了A田同学。被我问起后这些人才想起来，还反问说：“啊，是呀。那个同学，她去哪儿了呢？你知道吗？”

最终我总算找到了一名掌握A田同学消息的女生。据她说，A田同学在一、二年级的时候就读于附近的一所中学，从三年级开始才转学到H中来。原来如此，怪不得没有人知道她的详细情况吧。

“那，为什么现在又不在了呢？”我问道。

“嗯……不是很清楚。应该是又转学了吧。”这名女生挠着她那好似《熔岩大使》里的国亚[①]一样的蘑菇头，百无聊赖地回答道。

综合了几个人的意见之后，我得出结论：直到五月中旬，A田同学应该都还在，但第一学期结束的时候似乎就不在了。也就是说，在这期间她离开了这里。

就算再怎么不熟，但一个学生不见了，为什么就没有人注意到呢？

关于这一点，应该需要一些说明。这和我们这个班级的特殊性有着很大的关系。首先，这个班并不点名。不，或许班主任有在检查学生是否出席，但并没有做过“某某同学——到”这种点名的事。并且在我们班，大家都没有按照事先排好的座位坐。所以就算忽然出现一个空座位，一下子也很难掌握究竟是谁没来。而学生旷课又是常有的事，有几个座位空着谁也都不会去关注。

另外，不管怎么看，A田同学的行动本身似乎也有疑点。

“感觉她有点怪怪的。”那个国亚头女生这样回忆道，“不管是课间休息，还是午休时间，她都很少在教室，跟谁也都不说话，完全没有存在感。”

也就是说，她原本就是个不引人注目的人，所以才导致谁都没注意到她的消失。

---

①日本漫画家手冢治虫的漫画作品，后被改编成动画和电视剧。国亚为其中反派角色。

确实，我也对她几乎没有任何记忆。不仅是没有语言上的交流，我甚至都不记得见过她和其他人玩，或者参加什么活动。

唯一一点微薄的记忆，应该是关于她生气时的那张脸。那时刚升初三还没多久，有一天，课上到一半忽然传出了声响，我转头去看，发现她正皱着眉头朝后转身。坐在她身后的是在那群不良少年当中也算得上头头的人物。他正轻薄地笑着，挥动着手中细细的金属棒。仔细一看，原来是装在收音机上、可以伸缩的天线。为什么他要拿着那东西，我完全不知道。而且也不知道是出于什么目的，那根天线的顶端被弯成了如同问号一样的钩状。虽然这段记忆很模糊，但那由天线弯曲而成的奇特形状却鲜明地留在了我的脑海里。

连班主任都对 A 田同学只字不提，也很可疑。如果是因为生病要长期住院，那应该会动员大家去探望；如果是转学，至少应该让她最后道个别吧。但最终我还是决定不去问班主任。我总觉得或许有着什么不能公之于众的内幕。

就这样，A 田同学留在了我的记忆里，成为一名“不知什么时候消失了的、稍微有些可爱的女同学”。我隐约觉得，这或许将是个永远也无法解开的谜团。

然而，这个谜团在某一天却突然毫无征兆地被解开了。

那是在我升上高中后不久。

同年级的学生聊天时，讲到了毕业于哪个初中的话题。我自然也不得不说出自己的学校。

“哦？你是从 H 中来的？”

直到刚才都还欢快地聊着天的同学们，一瞬间脸色都阴沉下来。关于这类反应，我早已从姐姐们那里听说，所以并没觉得意外。我只觉得，唉，果然是这样啊。姐姐在参加高中入学典礼的时候，曾经被一个当天刚认识的女同学小声地问过这样一句话：“你们……真的会随身带着匕首之类的东西吗？”

我也遭受到同样的误解。一个男同学一副诚惶诚恐的样子问我：“听说 H 中的学生全都要把额头两边的头发推掉，是真的吗？”

在场的所有人都朝我头上看。我叹了口气，双手抓起刘海，露出额头让他们看。“怎么可能是真的呢？就算是 H 中，大多数也都是普通学生，坏学生只是一小撮而已。”

他们听我说完，露出稍稍安心的表情。这时，又有一个人说话了：“我以前是 F 中橄榄球队的，我们曾经跟 H 中打过比赛。”

听到这句话，我心中生出一丝不祥的预感。

H 中所有的体育社团都很强，其中橄榄球队更是强中之最。而且不光是强，还很另类。说得直白些，那里简直就是个为了防止坏学生变好的所在。如果仅局限于橄榄球队，“所有人都要推头”这话其实也不假。并且带领这样一支队伍的，还是作为教师中的异类而闻名的 T 老师。

“因为听说过很多关于 H 中的传闻嘛，我们惴惴不安地在球场上等着。”那个自称 F 中橄榄球队队员的男生说着，舔了一下嘴唇。

“然后呢？”周围所有人都屏气凝神。

“到了约定时间，H 中的家伙们就出现了。看到他们的样子，我们腿都软了。”

“什么样子？不是穿着校服吗？”

“所有人都穿着校服。但是那穿法很诡异。”

“哈哈。是裤子很宽松、立领很长的那种吧。”

“不是，他们没改衣服。只是穿着稍长的校服，领口的扣子也扣得很好。”

“那不就没什么问题了嘛。”

“我这才要开始讲哪。首先他们所有人的学生帽都压得很低，眉毛都快盖起来了，还戴着那种只顾埋头学习的学生才戴的黑色塑料框眼镜呢。光这样就已经很诡异了，每个人还戴着大口罩。明明没下雨，却穿着橡胶长靴。等着这样一帮人无声地靠近，你试试看，谁都得吓死。最后仔细一看才发现，居然连他们的带队老师都留着长鬓角、戴着黑色太阳镜！”

咦——人群当中发出了这样的声音。“那，比赛怎么样？”

“一开始是一场势均力敌的苦战。但是比赛大概过了十分钟吧，我们这边的人绊倒了 H 中的一名队员。他立刻道歉，对方也摆手说‘没事没事’。原以为真的没事了，刚松口气，那个倒下的队员却靠过来小声说‘接下来给我小心点哦’。”

“好可怕——”

“这么一弄，我们这边已经完全丧失斗志啦，脑子里唯一想着的就是希望比赛能平安无事地结束。我记得当时我们好像是零比五十输掉了比赛吧。”

“真是个可怕的学校啊。”

所有人的目光都集中在我身上，就好像在看一只令人恶心的怪物。

“那只是很小一部分啦。大部分都是老实的学生。”被他们当作坏学生的同伙可不好，于是我拼命主张道。

“上课时安静吗？”

“当然安静啦。所有人都老老实实地听老师讲课啊。”

嗯——所有人都半信半疑地应和着，这时却从另一个方向传来了说话声。

“跟我从朋友那里听来的完全不一样啊。”这句话是一个叫K的女生说的。那段时间我正觉得她很可爱，打算接近她呢。“我听朋友说，这世上再没有比H中还坏的学校啦。”

“朋友？”

“她在H中待过一段时间。虽然只是初三第一学期。”

“哎？”我一惊，心想不会这么巧吧。“你朋友姓什么？”我战战兢兢地问道。

“姓A田，你认识？”

“不……”我含含糊糊地敷衍道，同时注意着不露出动摇的神情。

K同学还在继续：“其他班级我不知道，但是听说她进的那个班简直是一团糟。上课时玩牌，还有人随随便便就走出去到旁边的音乐教室抽烟呢。而且老师们也早就放弃了，根本不说什么。据说连班长都跟他们一起闹，过分吧。”

唉——周围响起了感叹声。我又不能说那个班长就是我，只能保持沉默。

“这还不算，那些坏男生动不动就对女生做一些下流的事情。她好像也受过欺负，所以课间休息或者午休的时候都尽量不在教室，可她说就连上课的时候，他们也无所顾忌地搞恶作剧呢。所以到了第一学期后半段，她都不敢去学校了。”

原来如此，我这才搞明白。她是主动不来学校的，所以才会发生之前提到的中途见不到人的情况。

“第一学期刚结束，她就立刻跑去区役所了。她对那边的人说‘求求你们了，请把我转回之前的初中’。原本工作人员说不可以跨区就读，但是那孩子哭得稀里哗啦地求他们，而且他们也觉得如果是 H 中也情有可原，就特批了。”

H 中竟然都坏到让最讨厌例外的区役所为之动摇的地步了吗？听到这些话，同学们看我的眼神变得更加冷淡了。

“别，慢着、慢着，你们稍微等一下。”我的双手在面前挥动着，“那所学校确实校风不好，但跑到区役所去哭诉也有点太夸张了。就算是恶作剧，那也只是初中生的恶作剧，都是闹着玩的。”

听到这句话后，K 同学的脸变得犹如鬼面一般。

“你说什么呢？你知道他们到底对她做了什么吗？坐在她后

面的坏学生，用铁丝顺着她的水手服上衣和裙子之间的缝隙插到了内裤里！”

我差点没忍住要发出“啊”的一声叫喊。那时的情景再次浮现在眼前。

“你觉得怎么样？铁丝哦。铁丝伸进了内裤里哦。觉得怎么样啊你？”K同学像是要替她的朋友报仇雪恨似的对我步步紧逼。周围的人全都饶有兴致地观望着。

“不，那个，嗯、嗯……”

现在可不是纠正她那不是铁丝而是顶端被弄弯了的天线的时候，我只得继续“嗯”着。

“做过的人，手举起来”

初三是一个纠结的时期。为什么会纠结呢？因为在肉体和精神之间得不到平衡。

有很多初三学生，社会地位虽还只是个孩子，但肉体已完全称得上是成人了。于是，如何处理性欲自然而然地就成了一个问题，因此那时候我们脑子里装的尽是那些事。上课时一不留神，就在教科书上画起了 WxY①。若各位说“现在的孩子不也有这样的嘛”，我也无法反驳，但那个时候更是这样。

有段时间热衷于买海外版的《花花公子》，总想找办法把那黑色马赛克部分给擦掉。用香蕉水混上色拉油擦、用人造黄油擦，方法试过很多，结果却都不行。有时候刚在心里惊呼“擦掉了”，

---

①原作中此三个字母为竖向排列，指代女性裸体。

却发现连最重要的图画部分也一起消失不见了。

我们对色情书当然也感兴趣。如今那些可爱得都能去当偶像明星的女孩子常常出现在AV里，可当时色情杂志上登的，净是些不管怎么看都是四十多岁老大妈化着浓妆、身着水手服之类的骗人货色。即便是那样，我们还是抢得头破血流。

连像我这样的普通学生都如此，旁若无人、嚣张跋扈的坏学生们那无处安放的性欲就更不得了了，他们看上去简直就像是在为自己旺盛的性欲而忍受着折磨一般。

比如说那个姓N川的男生。有一次上美术课，老师出了这样一个题目：利用镜子画一幅自画像。结果他竟扯下裤子，对着自己的阴茎拼命地画起来。精虫上脑这句话再适合他不过。

还有坐我旁边的W田，曾经在数学课上突然哼哼唧唧起来。我不知道怎么回事就问他，结果他保持着身子紧贴课桌的姿势回答道："搓不了啊。"

"搓不了？什么东西？"

"这个。"W田用左手指了指课桌下方。

我低头瞅了一眼，只见他已拉开裤子拉链，掏出了那脏兮兮的家伙来。那玩意儿胀得跟一根丸大牌火腿肠似的高翘着，那气势似乎随时要将课桌顶翻。

"上数学课你硬什么呀？"我问。

"不知道。"W田回答，"突然间就这样了。"

结果他又叫坐在斜前方的坏学生伙伴，一个女生。"喂，M子。"

那个叫M子的女生不耐烦地回头，表情好像在说："干什么呀？吵死了！"

"帮我一下。"W田说道。

M子似乎一下子没反应过来，沉默了一会儿，最终她却只是面不改色地眨了两下那涂满眼影的眼皮。"用水冰冰。"她丢下这一句后，就像什么也没发生过似的转回身去。这种程度的言行举止已是家常便饭，就连女生也不会因为这点小事大惊小怪了。

时常也会有一些小道消息，说有人声称已经真正体验过性行为。还有比如谁谁谁去了土耳其浴室啊，或者有男生让陪酒小姐手把手地教过自己，还把留在胸口的唇印带回来四处让人看之类。不管怎么看，这都不应该是初中生之间的话题。

事情发展到这个地步，学校也不得不想一些应对方法，于是决定在上保健体育课时改教性教育，而负责教的就是之前曾稍有提及的橄榄球队顾问T老师。

在我们H中，T老师稍显另类。所有老师都对坏学生束手无策，只有这个人跟他们处得还比较不错。不过，《飞扬吧！青春》里的村野武范或者《我是男子汉！》里的森田健作那种近乎梦幻般的爽朗，他身上可一丁点都没有，倒像是靠着自己那一身邪气在跟学生们对抗。蠢货、傻瓜、人渣、你说什么玩意儿——感觉他就是个会对学生讲这些的老师。

回到性教育课的话题。诸如生孩子的原理、性器官的构造之类流于形式的内容，课上从未讲过。可能T老师也知道早已不是讲那些东西的时候了吧。教室里全是我们八班和隔壁七班的男生，总共几十个人。将所有人扫视一眼之后，T 老师这样说道：“到现在为止，做过爱的，手举起来我看看。”

这是怎样一种不计后果的提问啊！面对他那过分的大胆，就连那些坏学生也一时间不知所措了。

其实，类似这样的提问方式，这个 T 老师原本就经常使用。可能他讨厌绕圈子或者试探性地问问题这种费事的方法吧。

他还曾经在保健体育课上下过这样的命令：“抽烟的人靠窗坐，不抽烟的靠走廊坐。”

他这样做并不是为了骂那些吸烟的人，而是为了把学生分成抽烟派和不抽烟派，让他们就“未成年人吸烟好吗”进行辩论。这一划时代的教育方法却没有带来好的结果。因为不抽烟派的学生都说“别人想抽就抽呗，反正受伤害的也不是我的身体”，所以并没有形成辩论的局面。

那么，到现在为止有谁做过爱——面对如此问题，学生们的反应又如何呢？一开始谁都没有举手。像我这样没有资格举手的人应该占一大半，但要说有经验的人一个都没有也不可能。

“干什么？老实地举就是了。还是说你们平时装成那样，其实还全是处男？”T 老师的态度很挑衅。

或许是觉得不甘吧，坏学生们开始三三两两地举起了手。最终大概有三分之一的学生举手了。不过后来发现，其中有将近一半都是为了面子才举的。

“好，知道啦。”T 老师让他们放下手。然后他又问那些自称有经验的人：“为什么你们就那么想做爱呢？”又是个直白的问题。

那些有经验的人就像是商量好了似的，异口同声地回答道：“因为舒服。”

然后他们又七嘴八舌地描述起那究竟是一种怎样的快感。我们这些没经验的人感觉像是受到了排挤，用羡慕和忌妒的眼神看着他们，觉得坏学生们比起自己来要像大人得多。

T 老师听完，转向黑板写下了一个词——自慰。他在下方画了两条线，将粉笔放回桌面，啪啪地拍了拍手，随后又继续说话了：“那你们这样不就行了？舒服的感觉基本上也没差别啊。”

唉——学生们发出了不满的声音。

“完全不一样啊。”

“简直一个天上一个地下啊。”

“看你那么大年纪，该不会还没做过吧？”

他们是那样热衷地强调，弄得我们这些没经验的人更是加倍羡慕起来。

“做爱这种事，从今往后还能做好几百次呢。再稍微忍忍不好吗？”T 老师面朝着有经验的人那一边说。可那些坏学生的表情似乎在说，这么好的事怎么可能忍得住！

T 老师的性格是不管什么事，不单刀直入地挑明了说就不舒服，于是他说出了这样的话：“说实在的，光是做，完事了就拜拜，作为男人你们不觉得这样很没责任心吗？有了孩子怎么办？K 山和Y子的事也是一样，受伤的总是女孩子，你们多少也感觉到得要小心一些吧？Y子多可怜。你们说呢？”

这时候我们这些普通学生一下子炸开了锅。K山和Y子的事是什么？为什么Y子可怜啊？再一看K山，他正表情沉痛地低着头。他旁边的坏学生们好像也是第一次听说。

T老师似乎并不知道自己暴露了学生的秘密。“总之，男人是有责任的。你们要好好考虑这一点后再付诸行动。”他说着挺起了胸膛。

K山和Y子的事究竟是什么事，到最后也没人知道。反正大致也能想象出来。而且据说在坏学生和帮他们收拾残局的老师之间,那已经是公开的秘密,所以T老师才会说漏了嘴。还有传言说，出现这种问题的并不只有K山和Y子。

“那个谁和那个谁也是啊。还有那个男生跟那个女生之间好像也出了什么事，至于有没有大肚子就不知道了。”朋友这样对我说。我听着这些话，觉得那似乎来自一个很遥远的世界。我感到自己似乎落后了很远。

仔细一想，确实没什么好着急的，再怎么说也只是初三。就像T老师说的，接下来肯定还有很多机会。但是这个年纪，也确实很难说服自己那样去思考。我们这些普通学生也都想赶紧体验一下那种感觉。

附近的一个神社举办夏季庙会的时候，一个姓E冈的朋友来约我。E冈是跟我一起去买色情书的伙伴。那小子很是精心打扮了一番，我便问他怎么回事，他是这样回答的："其他学校的女孩子肯定有好多为了想被人约而跑来。顺利的话搞不好能成哦。"

我心想是不是真的啊，便也挑好衣服穿上出了门。

到达神社后，我们又遇到好几个认识的人，当然全都是男的。大家好像都是为了同一个目的，带着一副猴急的表情蹿来蹿去。路本身就窄，同一个人一路上就碰见了好几次。

不一会儿，我们盯上了一个女孩。除了头发长之外，没有什么太明显的特征。只见她正一个人慢悠悠地走着，似乎还比较好搭话。我们跟在她身后，但迟迟没有上前接触。说是在等待时机可能听上去有面子些，实际上只不过是在互相推诿而已。

"你上去打招呼啊。"

"不不，今天就让给你啦。"

说得直白些，我们俩都没那个胆子。

就在我们推推搡搡的时候，女孩的行动也开始变得有些奇怪。她离神社越来越远，看上去像是要回家。如果真是这样，上去搭话也没用，我们俩因此而达成了一致意见。

"可惜啊。再早些跟她搭话就好啦。"E冈的语气听上去令人觉得有种如释重负的感觉。

但是没过一会儿，那个女孩又出现了。她并没有回去。于是我们决定继续跟在她身后。

"去搭话啊。"

"别，等等。我正寻找机会呢。"

就在我们嘀嘀咕咕的时候，女孩又开始远离夜市的道路。

“又让她跑啦。”

“嗯。搞不好她已经发现我们了。”

就在我们已经放弃、开始闲逛的时候，那个女孩不知从什么地方又出现了。我们觉得很奇怪，又靠近前去。结果她又快步走了起来。

“喂，搞不好她是在等我们上前找她呢。”E 冈的话让我沉吟起来。如此说来，她已经朝我们这边不停地瞟了一阵子了。我终于意识到，原来她并不是要逃开，而是想把我们引到行人较少的暗处。

到了这一步，我们却突然踌躇起来。想等对方来约自己显然是不可能的，而我们也完全不知道该如何应对。我和 E 冈停下了脚步，不约而同地说了一句话：“唉，今天就到此为止吧。”

第二天到学校的时候，E 冈正在大家面前说着什么：“那是个好像五十岚淳子的女孩子啊，她想把我们引诱到暗处，我们就跟着去啦。结果她竟然理直气壮地说，要做的话一个人给五千块。我说太离谱了，一个人三千，她说不行。我们身上又没那么多钱，只好放弃啦，真是太可惜了。”

唉——大家的表情是那么投入。E 冈发现我来了，给我使了个眼色，意思是让我闭嘴。

哎呀哎呀，我们所能做的，也只是吹吹牛皮啦。我轻声叹了口气。

不良少年的昨天

初三时我所在的那个班级，虽然聚集了很多坏学生，让人无可奈何，但不可思议的是，我们这些普通学生竟然可以跟他们相处得不错。虽然暴力事件时常发生，但那只发生在坏学生之间，只要不去掺和，我们这些普通学生还是过着和平的校园生活。因他们而受的损失，最多也就是因为他们太吵，没法好好上课而已。但即便是普通学生也不会将其看作是损失，因为基本上没有人愿意上课。

另外就是发生过好几次便当被偷吃的事。到了午休时间，心里正想着不知今天是什么菜，满怀期待地打开便当盒，竟然发现里面的食物已经被别人吃掉了。很明显，作案的就是那帮坏学生。他们应该是趁上体育课教室没人的时候，盯上了别人的便当。为什么他们要做这样的事情呢？因为这样就可以省下午饭钱。估计那帮家伙都说中午要买面包吃，从父母那里拿了钱吧。

但是他们也讲求自己的那一套道义——决不把便当全吃完。当时的便当盒大部分都是长方形平平的那种，结果里面就好像用尺子量过似的，米饭从中间开始少了一半。菜也是差不多情况，原本该有四根的小香肠变成了两根，切成五块的玉子烧剩下了两块半。就算是受害人，面对如此坚决的重情重义也实在生不起气来。但就算只是一半，自己的便当平白无故被别人吃掉总让人头痛，所以我们也想了很多保护措施。我采取的是在包上挂一把特制的锁。因为它，我的便当一次也没被偷吃过。但是有一天体育课下课后回到教室，却发现包上贴了张小纸条。“别做抠门事”，纸条上这样写道。

总之，虽然发生过各种小麻烦，但诚如我一开始所讲，普通学生和坏学生之间还是达成了某种程度上的友好共处。

不过仔细想想，这样的案例真的很可能极为罕见。前面我也写过，从别的学校转过来的学生立刻就逃跑了。可见，虽然表面上说是普通学生，但在我们班这种情况之下，其实我们一点都不“普通”。

比如说，我和我的伙伴们竟然置高中升学考试近在眼前于不顾，学会了打麻将，还每天围在桌边打。当时我们一直借用一个朋友父亲的麻将牌，不过最终还是被收走了。

“你们多少给我学一点！”他父亲这样说。

即便如此，我们并没有轻易屈服，而是凑起零花钱在当铺买了副牌，没日没夜地打了起来。其中一个牌友 N 尾，还在旧书店买了一大堆麻将漫画，研究起那些现实中根本不可能的招数来。

但是我们当初所打的麻将，规则简直乱七八糟。不管三七二十一就是要满贯。如今想想，那时候我们称之为四暗刻的，实际上只不过是三暗刻对对和；我们的地和，只不过是双立直自摸和牌；而让 N 尾欣喜若狂的九莲宝灯也只是单纯的清一色而已。或许不懂麻将的人并不知道我在说什么，打个比方，这就好像是打棒球时，落在内野手和外野手之间的三不管地带的安打被当成了本垒打一般，是不可理喻的错误。现在回想起来，当时可真是吃了大亏。但其实本来也没什么可赚，所以也就无所谓了，反正那实在是些对心脏不好的规则。

既然打麻将，肯定要赌钱。反正现在已经过了法律追究的有效时限，我也可以放心大胆地明说出来，不过或许就算不是那样也没有隐瞒的必要。打麻将赌钱是没问题的，这个道理某些政治家已经替我们证明过了。而且说到赌注，他们和我们之间可是相差四五位数呢。听说那帮家伙一晚上就动用了几百万甚至上千万元，而我们顶破天也就几百块而已。我们的一千点才算十块钱。即便是对常年打麻将的老手来说，这恐怕也是闻所未闻的低倍率吧。

就算是这样，可万一我们输的钱超过了一千块，问题就严重了。因为当时规定，如果不能在月末之前把输的钱还清，那么下个月就失去了参加资格，所以必须得想办法筹集资金。别看我说得好像挺夸张，对一个初三的学生来说，一千块可是个不容小觑的数字。比如我手头刚好有一张当时的超市广告单，上面的价格是这样的：

猪肉 100g	100 日元
鳕鱼子 100g	60 日元
烤鳗鱼	220 日元／串
各种连衣裙	1980 日元
百慕大短裤	990 日元

还有我常去的立食荞麦面店，一碗汤面是一百日元。那还是个一千块能买很多东西的时代。（回想起当时那么流行的百慕大短裤还是觉得好笑，那东西就像是为了让腿看起来更短而设计出的，到底为什么风行成那样还真是个谜。）

为钱所困之时的解决方法只有一个——用东西来抵输掉的账，或者先把东西卖给其他人，然后拿那些钱去还账。当时作为等价交换物频繁流通的是黑胶唱片，其中尤以披头士的唱片价格最高。交换汇率大概是三张唱片一千块吧。有一天，N 尾忽然跑到我这里说："我被 S 木和了四暗刻啦（恐怕其实也只是三暗刻而已）。你替我收下这个吧。"

他拿来的是《一夜狂欢》《黄色潜水艇》和《顺其自然》。其实也是之前 N 尾从 S 木那里收来的。每当麻将的胜负运有所变动的时候，总会有几张披头士的唱片在成员之间易手辗转。长此以往，它们竟变成了犹如货币一般的东西，当中最受欢迎的是一张武道馆演唱会的盗版盘，我们之间已事先约定好，光这一张就值一千块。虽然它的音质根本不好，但是每个人都怀着“将来或许会升值”的期待，进行着高价交易。

从这一点各位或许已经感觉到，同麻将一样，当时我们深深地迷恋着披头士，不管做什么都会放他们的歌作为背景音乐。

读到这里，或许有人会觉得奇怪。若从年代上算，那时候披头士不是已经解散了吗？

这种质疑是正确的。在我们上初一的时候，他们就已经解散了。我们当时所听的现役乐队是齐柏林飞船、Cream、芝加哥、克里登斯清水复兴合唱团之类。事实上也是他们的唱片买得比较多。但是，这些乐队的歌，自己一个人的时候听还行，如果拿出来跟大家一起分享，问题就来了。因为这些乐队并不是每个人都知道，而每个乐队的个性又都那么强，会让人心生明显的喜恶。说得直白些，就是选择打麻将时的背景音乐是一件很辛苦的事。有人说某首歌好，就有人说这玩意儿到底好在哪里，经常因此争论不休。

披头士就在那样的情况下出现。当时的伙伴里有一个姓H本的，是个爱披头士爱得发疯的超级歌迷，他让我们听了很多披头士的歌曲。

“都什么时候了还听这种怀旧歌曲！”最开始我们都不以为然，可不知不觉间所有人竟都变成了披头士歌迷。或许正因为他们是摇滚乐的原点，所以歌曲中包含了大家的喜好中共通的部分吧。

不光是我们，当时的大阪也正好掀起第二次披头士热潮。电影院里循环上映《一夜狂欢》《救命！》《黄色潜水艇》和《顺其自然》，我们也一口气从早看到晚，直到头晕眼花。

校园里也全是关于披头士的话题。一些半路跟风的歌迷并不知道他们解散了，常常会有人问出“下首新歌什么时候出啊”之类的问题，弄得自己颜面尽失。这股热潮最为显著的体现是在校园文化节的时候，竟然每个班都举办披头士的演唱会。说得好听点是演唱会，其实就是某人从家里搬来唱片机，无休止地播放其他人拿来的唱片。三年级的学生也是一样，不管去哪个教室都是披头士的歌。某个班的四个傻瓜还将拖把头顶在脑袋上，拿扫帚当吉他、水桶作鼓，模仿乐队演奏。

总之，披头士在学校里简直大红大紫，甚至给人一种不听披头士就根本算不上是个人的感觉。

但是，其中也有一些看上去格格不入的家伙。不用说，正是那些坏学生。在这瞬间沸腾了似的披头士热潮中，他们看上去十分难受。这也正常。看电影只看黑帮片或者日活浪漫情色、听音乐只听演歌的他们，自然没法适应这样的环境。文化节的时候他们也只是聚在校园的一角，蹲在地上抽烟。

令我们欢呼雀跃的消息终于来了。东大阪的某个体育馆要上映含有未公开影像的披头士演唱会电影。能不能搞到票原本该是一个大问题，我们对此却并不担心。因为之前提到的那个对披头士走火入魔的H本，通过他父亲的关系替我们搞到了几张票。H本的父亲在广告代理公司工作，跟这部演唱会电影也有些关系。如果没有这个强有力的支援，我们就不得不一大早去窗口排队取号，然后再去参加抽选碰运气。人这辈子不可或缺的，是一个有着能帮上忙的爸爸的朋友。

就在演唱会的日子近在眼前时，坏学生之一的Y川在午间休息时找到了我们。“喂，我问一下啊，那个的票还有吗？”

“那个是哪个？”我问。

“就是那个啊。哎呀，披头士的……”

看着Y川欲言又止的样子，我们一时间都说不出话来。在那帮坏学生当中，Y川可算得上尤其跟欧美音乐沾不上边、典型“河内大叔[①]”一样没品位的人。

见我们都不作声，H本开口了：“就剩一张啦。你想要的话，就让给你吧。”

“哦？真的？”Y川表情没怎么变，但还是发出了喜出望外的声音。

“嗯。没事的。演唱会那天，你到会场来的时候我给你。”

“那就麻烦啦。”Y川比画着手刀道谢。

后来我们向H本抗议，问他为什么要将票让给那种人，他却笑了。“卖他一个人情，以后有事也好办很多。”这小子后来成了

①语出歌手键谷和利的作品《河内大叔之歌》。歌中描绘了一个爱喝酒、爱赌马、热心工作、埋头苦干的男性形象，在当时深入人心。河内为大阪地名。

一名律师。从那时候起就已经很是深谋远虑了。

可是，为什么 Y 川会突然对这个感兴趣呢？没过多久原因就搞清楚了。因为他正追求着邻镇中学一个不良女学生。这个女生是个摇滚迷，对没听过披头士的男人不加理睬。

“恋爱使人盲目啊。”告诉我们这件事的是 Y 川的混混伙伴 M 田。说完这句话，他哧哧地笑了起来。

当天，我们到达会场的时候，Y 川已经等在那里了。即便是在好几千观众当中，Y 川的形象还是醒目得叫人一眼就能认出。我们这些人瞬间踌躇起来。

Y 川穿着一身学生制服。立领改得很长，上衣的扣子全部解开，里面是鲜艳的衬衫，还故意隐隐约约地露出衬衫下的护腰。裤子自然是异常宽松肥大，明明没下雨却穿着胶皮长靴，手持雨伞。最引人注目的，是用发蜡抹得锃光油亮的头，额头两边的头发都推掉了，泛着青光。这种打扮怎么看都不像是会来看披头士演唱会电影的。周围所有的人也都像见了什么不该见的东西似的，避免视线与他接触。

“你们也来得太晚了吧。”看到我们之后，他说。这下就连 H 本也无言以对了。

演唱会电影大约进行了两个小时，由经常在电视里出现的那个姓福田什么的大叔担任现场主持。搭建好的舞台大银幕上播放着披头士的影像，两边的喇叭里则传出他们的歌声。

Y 川就坐在我旁边。大家都一脸满足的样子，只有他一人不耐烦似的一直紧皱着眉头。脸都成那样了，还不如从一开始就别来呢，我在心里想。

但是——

演唱会结束，在附近的车站等车时，我看到Y川独自站在离众人稍远些的地方，嘴里嘀嘀咕咕不知说着什么。我偷偷从身后靠近他，然后就听到了。

“Yesterday……那什……么、那什么……嗒啦哩啦哩啦哩……啦啦……”

那旋律很怪异，但毫无疑问正是那首名曲《昨天》。我看着他的背影，感到一阵惬意。

好坏各安天命

到了初三的第二学期后半段，大家终于不得不开始暗自担心起自己的前途来。尤其是在H中这种可以把爱哭鬼吓得哭不出来的无法无天的中学，能否进入一个像样的高中着实是个令人担心的问题。

但在这种情况下，还是有几个早早拿到保送入学名额的家伙，而且还是保送去水准绝对不低的M工业高中。那些家伙都是排球队的队员，他们之所以如此幸运，当然也是有原因的。

那一年正值慕尼黑奥运会召开之际，电视台为此专门播出了一部名为《慕尼黑之路》的动画片。我记得播出时间应该是每周日晚上七点半。可能还有很多人记得，这是一部取材自日本国家排球队的节目，其中交替介绍了森田、大古、横田等选手的逸事，戏剧化地表现了松平教练为组建这支队伍付出的辛劳。

这支球队里有一名姓N口的选手。在众星云集的日本国家队里，他是如此普通，完全不引人注目。这个N口选手正是来自我们H中的排球队。《慕尼黑之路》介绍到他的时候，电视画面里竟然出现了我们学校的名字和大门。这对于我们学校来说究竟是怎样一件划时代的大事，可以从平时对动漫十分轻蔑的校长第二天在早会时那兴奋的语气中一窥端倪："各位，昨晚的《慕尼黑之路》看了没有？希望各位有朝一日也能成为一个让学校的名字出现在动画片里的人。"

这股热潮在日本国家队于奥运会获得金牌时达到了最高点。我们的N口选手也被颁发了一枚金牌挂在脖子上。当时的解说员是这样评论的："那是在板凳席上大声呼喊、带动了全队士气的N口选手！"稍微叫人有些难为情。

此后N口选手还回我们学校访问过。他个子是真高，我记得当时站在他身边的校长看上去就像一只袖珍小猴子。

稍微跑一下题，N口选手从H中毕业后，进的就是前面提到的M工业高中。M工业高中是抱着能再次得到N口选手这样的人才的期望，才近乎无条件地全盘接收了我们学校排球队的队员。该说他们势利，还是草率呢？唉，权当是因为那个不拘小节的年代吧。

继排球队之后传出大量保送入学消息的，是早已提及多次的橄榄球队。因为当时设有橄榄球队的初中本就不多，素以毫不留情地与对手进行身体对抗而闻名的H中橄榄球队，早因"即战力球员众多”而受到各个高中的关注。

橄榄球队这边最主要的保送学校，是比起橄榄球来更以棒球著称的N商高中。不知道这所学校的人恐怕很少吧。如果要列举职业棒球选手，那里曾出过水岛新司漫画里的角色原型K选手等其他很多人，虽然他现在已经退役了。

获得保送名额打算进入这所N商高中的人当中，有一个就在我们班。这里就叫他Y吧。他留着平头，额头两边推得又齐又高，肚子上还缠着护腰，不管怎么看都不像初中生。

那天，Y在接到保送入学的通知后，带着一脸悻悻的表情回到教室。问他怎么回事，他发出“啧”的一声，恨恨地回答道：“听说能保送入学我就放心了，可没想到还要考试。这个N商真是麻烦。”

“考试也是走形式吧。应该不会因为那个而落榜吧？”这并不是单纯的安慰，我确实是这样想的。

“我也这么想，可听说还有最低分数线呢。要是没能超过那个分数线，就算保送也不行。真烦人啊。”

“最低分数线大概是多少？”

“考试科目一共五门。语文、算术、理科、社会、英语。”都已经初三了，还把数学说成算术，可以说这也暗示了Y的学习水平吧。

“那，总共必须得多少分呢？”

“那个啊，五门科目里只要有一个零分就完蛋啦。这就有点过分了！如果说只要不是全部零分就可以，那还轻松点，可现在是一个零分都不可以有。这可太难了！怎么办呢……”Y深深地叹了口气。

我的眼都瞪圆了。听他的口气，还以为是多么严苛的条件。可实际上不就是“只要所有的科目都别得零分就可以”嘛。也就是说，所有科目的及格线只不过是满分一百分里的区区一分。我这样说着，Y却表情严肃地生起气来。

“你说什么傻话呢！要是平时的考试都能得个十分二十分，我也不用这么烦啦。可我动不动就考零分，当然要怕了。这你都不明白？”

被他这么一说，我也只得点头称是。零再怎么翻倍也还是零嘛。

据Y说，这些科目里危险性最高的就是数学（他仍旧称之为算术），其次是英语。“替我想想有没有什么好办法吧。”他这样对我说。

我一个人也无能为力，于是决定找几个人聚在一起制订作战计划。最终，我们将如下战略传授给了他。

判断题全部打钩。

同样的道理，选择题全部填同一个字母。

英文填空题，在“to、for、of、that”当中，找一个那一题里没有出现过的填上。

如果数学考题里出现了方程，不管怎样先写“x = 1”（据统计这个答案出现的次数最多)。

别忘记带量角器和尺，如果出现几何图形题，就用实际测量的方法得出答案。

“好吧，那我就照这个去试试吧。”Y 将我们的这些建议写了下来，无精打采地说道。而我们其实也并没有十足的把握，只能对他说些类似“加油哦”之类的话。

保送考试的日子终于到了。大家都在纷纷议论，也不知那小子考得怎么样。当天刚放学，Y 就出现了，一脸愉悦地双手比出“V”的手势。“小菜一碟嘛。”他说。

我们从他那里得知，英语的第一题是“默写字母表”，而数学的第一题则是“1/2+1/2 ＝ ”。

“我看到后觉得这肯定不会得零分，就放心啦。时间还剩了好多，挺无聊的。哈哈哈哈。”Y 豪爽地笑着。我看着他那副模样，默默在心里道：原来如此，这果然不是数学而是算术啊。

像这样能通过保送决定将来的人还好，但是大部分学生还是要面临考试。刚过完年，学校就早早地开了升学指导会，家长们都要在那天去学校与班主任谈话。

当时，我们这个学区的 A 校、B 校和 C 校被认为是高中里的前三名。我的大姐进了 C 校，二姐进了 B 校。若按这个顺序，我就必须得进 A 校了。但是父母也知道那是不可能的。

“唉，最好是 B 校，再差也希望你能进 C 校啊。D 校的话，面子上就不好看了。要是E校那种，我都不好意思跟人提。”母亲竟对我说出了这种天方夜谭。也怪我没怎么跟父母提起过在学校时的成绩，以至于令他们产生如此误会。

那天同班主任开完会，母亲一脸茫然地回到了家。“你……听说过F校吗？”

“嗯？F校，知道啊。是个还不错的高中吧。不过是新办的。”

“新办的啊，难怪我没听说过。老师说，如果是F校或者G校，可能还有希望考进……”

在我看来这也是情理之中，但母亲似乎受到了相当大的打击。

“原来你学习一点都不行啊。”她语重心长地说。被家长发自肺腑地说成这样，真是叫人心生落寞。

那天晚上，父母认真地商讨，与其进二流高中、考二流大学浪费钱，还不如送去别人店里做学徒上职高，以后回来继承家业。所谓家业，也就是卖眼镜和一些贵金属的小商店。听上去好听，其实就是那种不管哪个小镇都会有个那么两三家、平平无奇的小钟表店。如果各位想象成三越商场里的蒂凡尼那样的店，那我还真觉得有些不好意思。

“不干，不干！我不要去当学徒。就算是二流高中，努努力也是可以考进一流大学的。我以后会好好学习的，你们就让我去上吧。”

我甚至假装哭了起来。这一招还真奏效，父母竟然听了我的话。我连声道谢，心里其实正做着鬼脸，嘿嘿嘿，搞定啦。

不光是我一个人，朋友们也正为择校的事情而苦恼。现在是什么情况我不知道，当时大阪的高中入学考试根本用不上什么志愿表，全靠一次定胜负的入学考试决定。对成绩没有自信的人，只能绞尽脑汁地观察整体动向，死死盯着报名人数，考量哪里的学校比较有把握合格。

虽然十分罕见，不过还有一种人，完全不用为这种问题伤脑筋。之前介绍过的超级披头士迷 H 本就是这类人当中的一个。在众人都觉得他完全可以考上 A 校的时候，他却以“不用穿校服、女生很多”的理由，决定参加低一个等级的 B 校的入学考试。除了公立学校之外，他还报名参加了私立学校的考试，这次则因“没有面试环节”而选择了 P 校。他十分尊敬约翰·列侬，头发也留得那么长，于是断定有面试的高中会比较棘手。

即便是伴随着波折，大多数人还是如此这般地规划着将来的道路。但同时也有一些总定不下来或者说很难定下来的学生，这种人在我们班就有不少。不用说，正是那些坏学生。他们和她们，在某种程度上，正怀着比我们更为紧迫的心情迎来初中生活的终点。

有一次，我听到两名女学生之间这样的谈话：

“你怎么办啊？上高中吗？”

“现在还没打算上。你呢？”

“还没决定呢。也不知道 W 子怎么样。”

“她应该会去找她的那个好哥哥吧。平时他就很宠她嘛。”

“哼。脸稍微长得可爱点还真占便宜啊。我也去找个好男人得了。”

那段对话的具体内容我并不清楚，但也算能大致明白。

还有一个女生，她把右胳膊的袖子卷起来露出上臂，问我和我的朋友：“喂，你们觉得这个疤怎么样？显眼吗？”

她的胳膊上有一个接种卡介苗留下的疤。我们都觉得要说不醒目那就是骗人。听到这个答案后她很失落。

“是吗。要是没这个的话，万一不顺利至少还能去当脱衣舞女呢。”

这句话让我们的汗毛不禁竖了起来。

而坏男生那边，还是决定继续升学的比较多，但并不是他们自己去选择学校。

“家长和老师随便定吧。管它哪里，去就是了。”

几乎所有人都采取了这样一种事不关己的态度。不过当自己要上的学校定下来后，他们还是要相应地互相打探一下消息。比如说像以下这样的：

“那个高中最近换大哥啦。你要是打算去那儿的话，还是先去打个招呼比较好吧。”

“要是不去会怎样？”

“那还用说？被打个半死呗。”

“唉，真是没法省心。”

上了高中之后就得看高年级学生的脸色，这种事其实哪里的学生都一样，但对那些坏学生来说，却是个尤为现实的问题。

当然，也会有一些不打算上高中的学生。他们究竟是为什么、又是如何选择了那条路，我并不清楚。因为到了第三学期，他们已经几乎不在学校露面了。

我们就这样迎来了毕业典礼。那是一个简单朴素的毕业典礼，既没有《敬仰您的尊贵》，也没有《萤之光》[①]。甚至连校长颁发毕业证书的环节都没有。很明显，校方打算尽快走完这个流程。在典礼之前，我们这些毕业生总在琢磨着“到底哪个老师会被揍呢”这个问题。可令人大跌眼镜的是，一切竟然风平浪静地结束了。而典礼之后有没有发生什么我也不得而知。因为毕业典礼之后我就再未踏足母校一次。那在我心里是能不接近就尽量不接近的场所之一。

就这样，我们的初中生活结束了。

那之后的日子又过去了十几年，某一天——

一个男人走进了我家开的店，要求看看墨镜。他烫着火箭头，眉毛剃掉了，深蓝色开襟衬衫外披着胭脂色的外套，还戴着金项链、金手镯，一眼看上去就知道是个什么样的人。

当时母亲正独自看店。她事后说，那时心里的想法是：哇，这下来了个不好惹的。希望他看看就赶紧走吧。

那个男人看着墨镜，却冷不丁地丢出了一句话：“你家里应该是有个儿子吧。我跟他可是初中同学呢。”

---

①日本学生在毕业典礼上最常唱的两首歌。

“哦？小哥你是……H 中的？”

“是啊，不过是个垫底的。大婶，你儿子现在干什么哪？”

“我儿子在名古屋当上班族呢。”

“哦，是个中规中矩的公司员工啊。那还挺不错。”

“小哥你呢？”母亲刚问完就后悔了，不过男人并未刁难。

“我现在啊，被 ×× 组罩着呢。不过说名字大婶你应该也不知道吧。唉，说白了就是黑社会。”

母亲不知道该如何应答，不作声了。

“上班族啊。果然普通的家伙长大成人后也是做着普通的事啊。我上初中的时候就坏,现在还是坏,过了今天没明天的。大婶，你看看这个。”男人说着，让母亲看他的后脑勺。那里有一条大概缝了十厘米的伤疤。

“这是怎么弄的啊？”

“前两天在外面被人砍的。我啊，当时还以为自己要死了呢。”

“哎哟哎哟。”母亲的神情很沉重。

“有当上班族的，也有混黑社会的。什么人都有，挺好玩。你儿子常回来吗？”

“大概一年一次吧。”

“这样啊。那，你代我跟他问个好吧。”

“小哥你也要保重身体啊。命没了，可就什么都没啦。”

“是啊。说得没错。我会小心啦。”

母亲说，那男人买了副便宜的墨镜之后就离开了。

万不可掉以轻心

我当初读过的小学，从家步行大概只要几分钟。那所小学附近有一座小小的神社，每到新年期间或者节日祭典的夜晚，神社门前就摆满了路边摊。直到如今，我还是会在元旦当天到那里拜拜，顺便尝尝大阪有名的特产鱿鱼烧（注：并不是把整条鱿鱼烤熟了吃），但那也只是每年一次的小小乐趣而已。

说起来，那应该是小学三年级或者四年级的夏日祭典时的事情吧。我正同往常一样，一边打量那些小摊，一边晃晃悠悠地走着，随后在一家店面前停下了脚步。说是店面，其实就是一张摆着小玩意儿的小桌子。

这家店挂着写有“魔术”两个字的招牌。桌子后面的大叔正一个接一个地变魔术给孩子们看。当然他并不是靠那个赚钱。当一个花哨的魔术变完后，他就会拿出一个箱子，接下来就会说出下面这番话："刚才的魔术，只要有我这个箱子里的道具，谁都可以很轻松地变出来。这东西原本值一千多，不过今天过节，我就破例打个折，只要一百块就行啦。"

要是两三百块的东西降到一百也就算了，非要说把一千多块的东西降到一百块，反而让人对这个大叔更放心不下。事实上，除了逢年过节之外，平时他哪儿有可能来这里做生意？

这事暂且不提。当时大叔变给我们看的是这样一个魔术：首先拿出一条破手绢，朝观众展示一下手绢既没做手脚也没放东西。然后左手握拳，将手绢塞进去。当手绢全塞好后再猛地张开手，这时候手绢已经不可思议地消失了。

我对这个魔术还有印象，因为不久前一个朋友刚变给我看过。其实原理很简单。首先要准备一个刚好可以套在拇指上的、肉色指套一样的东西，将它藏在左手的拳头里，再往里面塞手绢，最后将左手的拇指塞进那个套子中。这时再张开手，看上去就好像手绢消失了一般。这魔术虽说谁都可以轻松完成，但如果观看的人注意到了拇指上的指套，立刻就会露馅。在我们这帮孩子当中，这是个出了名的"垃圾魔术"。

看到夜市的大叔变这个魔术的时候，我首先想到的是：又是这玩意儿啊。但是看了几遍之后，我却开始往前挤了。因为不管我再怎么集中注意力，都看不到大叔左手拇指上有指套之类的东西。即便是猛地张开左手展示手绢消失的瞬间，他的指尖上也是什么道具都没有。

这可跟那个“垃圾魔术”不一样，我想。如果能学会这个再去变给大家看，一定能让他们大吃一惊。

好！我下定决心，打算买那个魔术道具。付了一百块之后，大叔把我带到了一边。

“听好啦，我现在教你方法。你可不许告诉别人。”大叔煞有介事地说道。我则怀着迫不及待的心情，“嗯嗯”地点着头。

大叔缓缓地打开箱子。我急切地凑上前去看。但是当我看到大叔拿出来的东西时，却哑口无言了。绝对不会错，那正是朋友之前用过的肉色指套。

“看好啦，把这东西这样攥在手里，然后朝里面塞手绢……”大叔演示给我看的是我早已看腻了的“垃圾魔术”，那个指套最终也没有在大叔的手指上消失。

大叔走后，我呆呆地站在原地。这到底是怎么回事？太离谱了吧。

我决定再去看一次大叔在摊子变的魔术。我打起一百倍的精神，死死地盯着大叔的手。可是，当他的手“啪”地张开时，手指上还是没有套子之类的东西。我禁不住想大叫，这是为什么啊？！

可在那之前大叔就已经发现了我。“喂，你不是已经知道方法了嘛。别妨碍我做生意，一边去。”他说着就把我轰开了。我不情愿地离开了那里，同时想通了他的如意算盘。大叔在众人面前表演的，是手法更为完美的真正的魔术，但那只不过是为了推销“伪劣魔术”来招揽生意的手段而已。

“浑蛋，又被骗了。”我攥着那个用肉色硬纸板做的指套，悔恨万分。

那个年代，我们那里聚集了很多这种黑心商贩。他们的目标就是那些判断能力低下的小学低年级学生。这些年纪一把的大人，竟以近乎诈骗的手段企图掠夺孩子们寥寥无几的零花钱，所以那里可以说是一条万万不能掉以轻心的街道。

他们明目张胆地靠在小学校门旁边做买卖。我想最普遍的形式应该是在自行车的后座上架一个大包，把那个包摊开之后，就可以直接变成一个小摊位。

其中最常见的是抽奖摊。形式很简单，就是让人花十块钱去抽一次奖。一堆奖品摆在外面，一等奖是无线电对讲机、二等奖是照相机、三等奖是组装模型，尽是些孩子们梦寐以求的东西。

我们被这些豪华奖品所吸引，于是从口袋里掏出十块的硬币，向抽奖发起挑战。从一个装满了叠得很小的纸片的箱子里抽出一张来打开，上面会写有“一等”或者“不中”之类的字。

但据我们所知，从来没有一个人抽中过奖品，所有人抽出来的都是“不中”。这种时候，只能得到一块泡泡糖。所以在抽奖摊旁边，总是围着一群满脸怨气地咀嚼着的孩子。

理所当然地，我们也开始渐渐心生怀疑。我们开始思考，搞不好这完全就是骗人的，搞不好能中奖的签根本就没有放进去过。

质疑的空气在孩子们当中蔓延开来，而那个大叔也很快察觉，说出了这样一番话：“你们觉得这里面根本没有能中奖的签，是吧？”

心里的想法被说了个正着，我们都不作声。于是大叔又继续开口道："你们啊，太不会抽奖啦。"

我们正想着这种事情有什么会不会的时候，大叔的手猛地伸进了箱子里。随后他从里面抓出一张纸片，放到我们眼前打开，上面出现了"五等"两个字。咦——我们都发出惊讶的声音。

抽奖的诀窍是什么呢？这完全叫人毫无头绪，但大叔抽中了却是事实。虽然十分不情愿，我们也只得认为事情就是如他所说，表示接受。

可大叔接下来的举动让人完全无法接受。因为他将纸片丢进了垃圾桶。我们当中年龄最大的孩子眼尖地发现后立刻表示抗议："大叔，那张中了奖的，你要放回去啊。不然五等奖不是又少了一个嘛！"

大叔瞪了那个孩子一眼，好像在责怪说：毛头小子净说些碍事的话。"打开过就相当于有了记号，已经不能用啦。你们也用不着担心，这里面还有其他五等奖的呢。别再废话了，赶紧抽吧。不然就是妨碍我做生意啦，都回去，回去。"他说着，像赶苍蝇似的挥起手来。被哄着说"回去"可不是我们希望的，于是大家都闭起了嘴。之后又有几个孩子围了上来，因为想要对讲机或者照相机而尝试了抽奖，但谁都没有中。直到最后的最后，所有的签上仍是"不中"。

这个伎俩也很好拆穿。正如我们怀疑的那样，恐怕箱子里一张中奖的签都没有。大叔事先把能中奖的签装在口袋里，如果孩子们怀疑，他就抛出“你们太不会抽奖啦”之类莫名其妙的话，再把手伸进口袋，将那张签握在手中藏好，然后装出从箱子里抽出那张签的样子，再拿给我们看。手法虽然很简单，但如果对象是小学低年级的孩子，或许行骗也就没有那么困难吧。事实上，我们意识到这个伎俩的真相也已经是很久以后的事了。

通过这种简单的手段做黑心生意的商贩还有很多。其中令我印象颇深的，是消字水的摊子。顾名思义，那里出售的是用来擦墨水字迹的东西。

“喂，都来看啊。我先用钢笔在这纸上写上字。”那个大叔当着我们的面，在一张垫鱼糕木板大小的白色绘图纸上，用蓝色墨水笔写下了“いろはにほ”这几个日文假名。

“接下来在上面滴上这‘超级消字液’。”他说着，将吸液管插进一个怪怪的瓶子里，随后在“は”这个字上滴了几滴透明的液体。而那个“は”字，看上去似乎有些渗开了。

“最后再盖上这张吸字纸。”大叔将一张和绘图纸差不多大小的吸字纸盖在写了字的纸上。他观察了一会儿，将吸字纸拿开，“いろはにほ”变成了“いろ　にほ”。在一旁看的我们随即发出了一阵惊叹。

“好了，就像这样，全擦掉啦。这个‘超级消字液’在商场里买的话大概要三百多块钱。今天我就给你们把价格降到两百块。吸液管和吸字纸就白送啦。”

这一句“在商场里买的话”正是画龙点睛之笔。既然能在商场买到那肯定不是骗人货啦，纯真（其实也没到那个地步）的小学生们都坚信不疑了。

“你再弄一次。”孩子们提出要求。

“好好，再做几次都可以哦。”说着，大叔又在纸上写起了“いろはにほ”。随后，他又用“超级消字液”把那个“は”字给擦掉了。我们都在心里感慨万分。

但是我却没有买这个消字液。虽然心里觉得很厉害，但我没有钢笔，要消字液也没用。那天回家后，我发现姐姐正趴在桌子上摆弄着什么。凑过去一看，桌上摆着的正是那“超级消字液”的瓶子。

“啊，姐姐，你买这个啦。弄给我看看，弄给我看看。”

姐姐无精打采地嘀咕了一句：“不行。”

“为什么？”

“什么也擦不掉。”

“哎？真的吗？”

我看了看姐姐的手边。在绘图纸上，竟跟那个大叔一样工工整整地写着“いろはにほ”几个字。而且她似乎也同样在“は”上面滴了那个液体，但字却完全没消失，只是糊成一片。

“姐姐，这个该不会是骗人的吧？”

我一说，姐姐不快地皱起了眉头。她考虑了一会儿。

“你可不许告诉爸妈。”她对我说，同时把消字液塞进抽屉。那个时候，大阪的父母都教育孩子“不管是谁都要当作小偷般看待”，如果简简单单就被骗了，回来得被骂个半死。

我觉得这个伎俩也很简单。那个大叔应该是偷偷准备了一张写有“いろ にほ”的纸，中途巧妙地调包了。

之后我又去了一次小学校门口，但那个卖消字液的小贩已经消失了。手脚麻利和跑得快这两点，对于他们的生意来说是不可或缺的。

以上介绍的，都是大叔们多少有着一定技巧的案例，但还有一些是毫无技术含量可言、叫卖着一眼看上去就知道是黑心货的家伙。其中最具代表性的，就是卖所谓“鬼怪魔法灯”的大叔。

那个大叔照例将一个大包架在自行车后面，从里面拿出来一个说不上是泛蓝还是泛黑的黏土板一样的椭圆形东西。稍微大一点的孩子大概可以一只手拿住。那东西的表面画着鬼怪的脸。

“这是个一拿到暗处就可以自动发光的神奇的灯。”大叔说道，“夜里让这个对着墙壁发光的话，墙上就可以映出一张大大的鬼脸。不过，在家人上厕所时，可不能突然拿这个出来照哦。因为如果这样，他们屉屉刚拉到一半就会吓昏过去啦。”（注：屉屉即大阪方言里大便的意思。）

这时候，孩子们就会哈哈地笑起来。这种大叔有时候会故意逗孩子们笑。

“现在是白天，所以它还不会发光，不过你要是拿去暗处，它就会马上亮起来。你们瞅瞅这个袋子里头。”大叔说着，将一个黑色的袋子伸到孩子们面前。往里一看，画在黏土板上的妖怪的脸果然正发出光亮。

但是——我在想，这难道不就是夜光涂料而已吗?

“这是靠电发光的。”大叔的声音忽然抬高了一个八度，“这里面有电池,所以才能发光。电池快没电时,光就会变暗。那时候，请帮它充电哦。”

突然间冒出了“充电”这种词汇，让我们这些孩子的眼睛都不由得发出光来。因为那是一个只要起个电子什么什么的名字，不管多么劣质的商品都可以卖得出去的年代。“充电”这个词包含了高度的科技含量。

“那么我现在告诉你们充电方法。”

我们聚精会神地听着。大叔继续道:“嗯，傍晚的时候，NHK会播出一个叫《葫芦岛奇遇》的节目吧？”

我们点头。那个节目很受欢迎，但和这个有什么关系？接下来那个大叔竟说出了这样一番话:“那个节目开始之后，请将这个‘鬼怪魔法灯’贴到电视机的屏幕上。这样它就可以充电，继续发光啦。”

咦？我们都在心中发出疑问的声音。那样就能充电了？因为是小学生,这种复杂的事情也搞不清原理,但也太让人觉得可疑了。

即便如此，在场的孩子当中，还是有几个买下了“鬼怪魔法灯”。买的时候，所有人都是一副欢喜雀跃的神情。

好了,事情的结局也很清楚了。几天之后,在街道的各个角落，都出现了拿“鬼怪魔法灯”当作石头踢来踢去的孩子。这些孩子肯定都曾在看《葫芦岛奇遇》时，将那玩意儿贴到电视屏幕上。

除此之外，还有很多做黑心买卖的大叔出现又消失。他们总是能一个接一个地想出新点子，几乎很少有人使用同样的手段。每次都会有若干孩子上当。我有个朋友，拿着从母亲那里得到的原打算买作业本的钱，浪费在“儿童香烟”这种听上去就不正经的东西上。每个人都经历着受骗和伤痛，最终掌握了在这条街道生活下去的本领。

从那时起几十年后——

那天我从上班地点爱知县第一次开着爱车回老家。那是一辆二手丰田小福星，我却十分喜欢。我迫不及待地想让父母瞧瞧这辆车。但是家里没有停车场，没办法，只能停在路边。可那天，本应很空的家门口的路却很堵。于是我只得将车停到大约二十米开外的银行旁边。

“你把车停哪儿啦？”见到我，母亲立刻问道。我回答银行旁边，母亲的脸色都变了。

“不行，不行。赶紧把车停这边来。不能放到那种黑漆漆的地方。”

“是吗？那我回头再去开过来吧。”

“不行。现在就去。我又不会害你。”

“啊？现在吗？”我站在门口鞋都还没脱。可母亲唠叨个没完，于是我决定去取车。结果——

一个后视镜没了。

可以肯定的是，我离开车仅仅几分钟而已。

“傻眼了吧。”回到家跟父母一说，母亲这样说道，“在这里万不可掉以轻心啊。”

我低吟起来。离开这里一段时间，我竟完全摸不着头脑了。

第二天，我来到附近的修理厂，想碰碰运气看能不能修好。修理厂离后视镜被偷的地方大约有十来米远。

“嗯——这种车的后视镜啊，可能没法马上搞到哦。”修理厂的大叔看着我的车低吟道。我那后视镜是手枪子弹一样的形状，之后的新车型都没有再配那样的。其实从一开始我就没抱希望，因为就连丰田专卖店都不一定有，这种小修理厂就更不可能了。

可大叔进去了一会儿之后，竟手持一个后视镜再次出现在我面前。“小兄弟，你运气真好啊。我这里刚好还就留了这一个。这可真是太巧啦。”

我的眼珠子都快掉下来了。那个后视镜，无论是新旧程度还是褪色情况，都酷似我车上另一边的那个，看上去简直就像原本就装在我那辆车上的一样。

“你真的很走运啊，小兄弟。傍晚之前一定给你装好，你就放心吧。”

修理厂的大叔拍着我的肩膀。我嘴上说着“那就拜托您了”，心里却觉得有些不是滋味。相隔十几年之后，我再次感到，在这里真的万万不能掉以轻心啊。

圆谷的哥斯拉

一谈到怪兽，我的话就有些多。但也不到滔滔不绝的地步。我以前该算是个标准的怪兽少年吧。我有哥斯拉的组装模型，但没有收集过 PVC 模型。我常在笔记本上乱涂乱画，但从没拿自己的原创作品向《赛文·奥特曼》的角色征选投过稿。我就是这种程度的怪兽迷。

要说怪兽，那必须是哥斯拉了。因此，要谈我的怪兽历程，当然要以哥斯拉为中心。遗憾的是，最出名的《哥斯拉》电影（一九五四年）我却没有在影院里看过。因为那时我还没有出生呢。和许多怪兽少年一样，我也是在电视上看的那部作品。在那个看电视还是闲暇时的至尊享受的年代，我常和家人一起聚在荧屏前。

第一次看到哥斯拉的时候我害怕了。作品基调很阴暗，哥斯拉被描述为恐怖的象征。平田昭彦饰演的年轻科学家也很怪异，他用“Oxygen Destroyer（作品里出现的一种药物的名称）”做溶化鱼实验时我都没敢睁眼。

但是很奇怪，有一个场景一直留在了我的记忆里，那就是哥斯拉袭击电视塔的时候。在那个电视塔里有一个参与直播哥斯拉残暴行径的播音员，直到最后一刻他都没有放开话筒，最终留下了一句“啊，哥斯拉冲过来了，我们也就到此为止了吗？啊——各位观众，永别了”，随后死去。有时间讲这种废话还不赶紧跑，当时的我这样想。

在观看过程中，爸爸一直说个没完。“哎呀快看，圆谷做出来的东西果然不得了啊。我说的没错吧。哇，厉害啊，简直和真的一模一样。真不得了啊，不愧是圆谷。”他说的是特效电影导演圆谷英二，我当时却不甚明白。直到看《哥斯拉的逆袭》（一九五五年）之前，我都一直以为那是一家电影公司的名字。

全家人一起聚在电视机前看过的作品里，当数《空中大怪兽拉顿》（一九五六年）的印象尤为深刻。这是怪兽电影的首部彩色作品，但是我直到最近都还以为它也是黑白电影，因为当时我家的电视机是黑白的。这部《空中大怪兽拉顿》给了我比看《哥斯拉》时更大的震撼。特效就不用说了，故事情节也很感人。尤其是最后拉顿死时的场面，拍得实在太好了，我不禁哭了出来。

之后，东宝[①] 还出品了《地球防卫军》（一九五七年）、《摩斯拉》

①东宝株式会社，下文出现的“松竹”为松竹株式会社，二者均为日本大型电影、戏剧制作发行公司。

（一九六一年）、《妖星哥拉斯》（一九六二年）等特效影片，但是我全都没能在电影院观看。当几年后看电视时我才发现，原来《妖星哥拉斯》里出现的怪兽马古马的造型几乎原封不动地用在了《奥特Q》里的四次元怪兽托托拉身上。

在电影院里看的第一部怪兽电影是《金刚大战哥斯拉》（一九六二年）。当时我住在大阪的老城区，从家步行大约十分钟的地方就有一家东宝的电影院，我就让家人——这位家人究竟是谁到现在还是一个谜，不管我怎么问大家都说不记得——带我去看了。

剧情很简单。某制药公司为了做宣传而打算将金刚从南方小岛带出来，刚巧此时哥斯拉从北极出现，双方便在日本打了起来。一开始金刚根本不是哥斯拉的对手，但是被高压电电过后，不知为什么忽然变得很强，完全占据了上风。按照故事导向来看，金刚应该是好人而哥斯拉是坏人，但我一点也不觉得金刚好看。外形那么粗糙，脸长得和附近卖香烟的那个大叔似的。

不过，这部影片的上映有着几个重要的意义。首先，时隔七年，哥斯拉复活了。对于我们那个年纪的孩子来说，这是第一次在电影院目睹哥斯拉。第二，这是一部以怪物间的对决为主线的作品。《哥斯拉的逆袭》里虽然出现了哥斯拉和安基拉斯的决斗场面，但那只能算是支线剧情而并非主题，而这部电影终于赋予了怪兽们职业摔角选手般的偶像风格。也因如此，剧中的人类完全没有表现出打算通过自己的双手去解决哥斯拉的意愿。让怪兽之间相互打斗并期待双方平手，电影中始终贯串着这种典型的日本式理念。

如此这般地说了许多，也只不过是时至今日才能这样讲而已，当时的我并没考虑过这些。那时候的我只觉得怪兽之间互相打斗的场面很壮观，特别有意思。不仅是我，全国的孩子都是这样。

就这样，怪兽热潮如怒涛般汹涌而来。在面向成人的科幻巨作《海底军舰》（一九六三年）之后，试水的作品是《摩斯拉对哥斯拉》（一九六四年）。哥斯拉竟然败给了蛾子怪兽，我们都在观众席上喝起了倒彩。

那年冬天，怪兽的世界发生了一件了不得的大事——《三大怪兽：地球最大决战》（一九六四年）上映。众所周知，那是王者基多拉的首次登场。那时候我读小学一年级。

“写出今年冬天印象最深刻的事。”班主任在第三学期开始时布置道。

我们还能写什么呢？不管是前面的还是后面、左边或是右边的孩子，所有人都写了同一件事——三个头、两条尾巴、一对巨大的翅膀、嘴里还可以吐激光的怪兽。在它旁边的是哥斯拉、拉顿、摩斯拉。

“这是什么东西啊？写得跟天方夜谭似的。给我好好写。”老师在发脾气。我们却仍旧执着。我们已为王者基多拉散发的恶之魅力所倾倒。我的朋友M山坚持说：“基多拉有很多种，其中最强的才是王者基多拉。”他还画了一只仅有一个头和一只脖子、身体很弱小的怪兽，命名为“王者基多拉的仆人基多拉”，但是并不怎么帅。

这部《三大怪兽：地球最大决战》将怪兽完完全全地归还给了孩子们。电影里还有怪兽们对话的场面，甚至还匪夷所思地让由小花生[①]扮演的袖珍美女翻译。那时候，哥斯拉和拉顿俨然已成为正义的伙伴，最后和人类一起见证了王者基多拉的败退。对比它们最初登场的模样，这根本无法想象。当然，我们这些小孩子是非常乐意接受的。

同一年里我应该还看过《宇宙大怪兽德古拉》（一九六四年），但不怎么记得了。那德古拉本身就是个让人摸不着头脑的东西。在空中软绵绵地飘着，像半透明的海蜇或者章鱼，反正怪怪的。故事剧情也很难理解，对小学生来说负担似乎有些重。

第二年推出的是《科学怪人对地底怪兽》（一九六五年）。故事情节很厉害，是让科学怪人弗兰肯斯坦巨型化之后与怪兽战斗，但还是不合我的胃口。不管圆谷导演的特效多厉害，有着人类外表的弗兰肯斯坦一出现，看上去也只是一个真实大小的人而已。害得我只能冷眼旁观，总觉得那只是某个大叔在与一个布偶对打。后来同样是以弗兰肯斯坦为题材的《山达对盖拉》（一九六六年）就好看很多。这部电影在朋友当中人气也不高，只在很短暂的一段时间里，流行过捏起眉间的皮往前拉扯，说“我是弗兰肯斯坦”这种玩法而已。

---

①自 20 世纪 60 年代开始活跃的日本女子双胞胎组合。

就在我们念叨着还想看哥斯拉的时候，《怪兽大战争》（一九六五年）在同一年的晚些时候上映了。此前都是怪兽本身对人类造成威胁，这部电影的特点则是如何打倒企图操纵或利用怪兽的坏人。这和《哥斯拉》或者《空中大怪兽拉顿》较多地批判水下核试验等人类自身过错的风格形成对比，这种惩恶劝善的路线也从此得以稳固。

另一方面，其他电影公司当然也不可能对这空前的怪兽热潮视而不见。先是大映推出了《大怪兽卡美拉》（一九六五年）。似乎是为了挑战东宝，这部电影比《怪兽大战争》提前一个月上映，宣传也是下足了功夫，家附近的电影院里打折券发得就好像在往外撒一般。我们相信了只要集齐若干张就可以免费观影的谎言，往塑料袋里塞了好多。结果听到电影院的大妈说“不管拿多少张来只便宜五十块”时，受了不小的打击。

卡美拉最初也是人类的敌人，可早早就在续作《卡美拉对巴鲁刚》（一九六六年）里开始朝孩子们献媚，这条路线在《卡美拉对卡欧斯》（一九六七年）里得到了确立。而在第四部作品《卡美拉对宇宙怪兽拜拉斯》（一九六八年）里，连敌方的拜拉斯星人都断言“卡美拉的弱点就是孩子”，甚至还制作出卡美拉进行曲这种系列电影的主题曲来。

当时我确实看得津津有味，但客观地说，这个系列的品质比哥斯拉系列低了好几个等级。特效就不说了，登场怪兽的品位实在过分。拜拉斯就像条头裂开了的鱿鱼，《卡美拉对大恶兽基龙》

（一九六九年）里出现的基龙，那模样活脱脱是给一把菜刀装了手脚。那时候连我都跟朋友们说："卡美拉还是别看了吧。"

总之，在那个年代，怪兽就是孩子们的偶像。《南海大决斗》（一九六六年）上映时，伊比拉、哥斯拉、摩斯拉这三只怪兽还去上过当时正红的节目《明星一千零一夜》。与这部影片同时上映的还有夏木阳介主演的《这就是青春！》，但完全没人气。《南海大决斗》还是身为夏木阳介影迷的姐姐带我去看的，结果她后来说"全是小孩子，根本静不下心来好好看"，气得跟什么似的。

可能这并没有什么因果关系，不过《金刚的逆袭》（一九六七年）上映时，同时上映的影片是《奥特曼》。这是部将在电视上分为上下两部播出的《怪兽殿下》整合在一起的作品。这两部同时登场、让孩子们拍手叫好的电影，我是和父亲一起去看的。当《奥特曼》的主题曲响起时，电影院里的孩子们开始了大合唱，父亲则是一副不知所措的表情。

从《哥斯拉之子》（一九六七年）开始往后的电影，就都是尚为孩子的我独自去看的了，大人们不愿再陪我。这部电影的内容正如其名，哥斯拉之子迷你拉登场了。它那滑稽的动作让我们找到了自己的影子，因此得以更深一层地投入影片中。

这一年，日活也上映了《大巨兽加波》，宣传做得铺天盖地，却并未引起太多关注。原因有很多，怪兽热潮已初露疲态可能是最主要的吧。对了，当时就连松竹都拍摄了《宇宙大怪兽基拉拉》这种片子。制片方投入了大量精力，甚至还公开征集怪兽的名字，但最为重要的上座率却表现平平。

接着《怪兽总进击》（一九六八年）上映了，继《哥斯拉之子》之后，迷你拉再度登场。不仅如此，拉顿、摩斯拉、巴拉刚、库蒙加、巴朗、哥罗龙、安基拉斯、曼达和王者基多拉这些怪兽也悉数登场。制片方大概是觉得，出现的怪兽越多，孩子们就越开心吧。这种想法大致正确。当看到迷你拉独自挑战王者基多拉时，我们确实沸腾了。

但是怪兽热潮开始明显降温了，电视里播出的《赛文·奥特曼》也迎来了大结局。最重要的是，我们的喜好已开始出现转变。那时候我们看的电影是《纬度0大作战》（一九六九年）。它讲的是由于深海潜艇出现故障，一群年轻人被卷入位于深海两万米的奇异世界的故事。这部电影同样由哥斯拉系列的导演圆谷担任特效制作，却令人充满了与看其他怪兽电影截然不同的兴奋。其中也不是完全没有怪物出现，但那是由反派天才医生在狮子的身体插上秃鹫的翅膀、最后还移植了忌妒心颇深的女人的大脑而形成，和之前的怪物设定完全不同，参与战斗的也是人类。画面紧张刺激，还设计了一个惊人的结局。

啊，真有意思。明明没有出现什么不得了的怪兽，为什么会这么有意思呢？从电影院回来的路上，我思考起来，却没有找到答案。

那年年末，《全体怪兽大进击》（一九六九年）上映。这部影片还是主打怪兽。除哥斯拉、迷你拉、库蒙加、哥罗龙、曼达、安基拉斯、卡玛奇拉斯、伊比拉之外，还新出现了加巴拉，即片中的反派，听说这是一只以斗牛犬为原型设计的怪兽，最初起名为“格瓦拉”，但因为和古巴革命家同名不太好，所以换成这个名字。

故事讲的是少年主人公来到怪兽岛，卷入了怪兽们之间的纷争，而拯救他的是迷你拉。不知为何，影片里的迷你拉竟变得和少年一般大小，一起说话，还一起玩耍。

观众都觉得奇怪，而谜题则在最后被解开。其实那全是一场梦，少年只是睡了一觉而已。

这算什么呀，我想。这也行？

朋友们似乎也都不甚满意，脸上全写着“没意思”几个字，但是谁也没有明确地说出口。所有人都不愿意承认，怪兽电影和哥斯拉居然没意思。

这成了我看的最后一部怪兽电影。和那个少年主人公一样，我们的怪兽梦也醒了。比起怪兽，人类活跃的《纬度0大作战》更让我们激动，那或许就是前兆吧。

这部电影上映大约一个月后，巨星圆谷英二导演去世了。那时正值世界博览会近在眼前，社会喧闹非凡。

又过了两个月，我们成了初中生。最新电影《决战！南海大怪兽》（一九七〇年）上映时，谁也没说要去看。

“贝吉拉捉人”和“我是贾米拉啊！”

香茅强酸是什么呢？是利特拉利亚吐出的溶解液的名字。那利特拉利亚又是什么呢？是介于鸟类和爬虫类之间的生物，而且是冷血动物。它有一个劲敌叫哥美斯特乌斯，也是冷血动物，但不知为什么竟然属于哺乳类。

如果有人知道我在说什么，那真的是很厉害，或者说是有点怪。大多数人应该会抱怨道“什么玩意儿”吧。

利特拉利亚的简称是利特拉，哥美斯特乌斯的简称是哥美斯。这样说又如何呢？知道的人应该还是不多吧。

我在谈论《奥特Q》呢。这是圆谷工作室于一九六六年出品的特效电视电影，和“奥特C[①]”没有关系，但也不是完全没有。

①于1964年东京奥运会期间诞生的词汇。当时的体操难易度分级仅为A、B、C三级。“奥特C”指超越了C难度的体操动作。

据说“奥特C”这一命名的灵感就源自这里。

这个节目可以说是怪兽题材作品的始祖。它那值得纪念的第一集名叫《打倒哥美斯！》。故事讲的是矿坑里出现了古代怪兽，四处撒野，在一片混乱当中，一名戴眼镜的有为青年将同一时期挖掘出来的利特拉的蛋孵化，让两只怪兽打起来。

当时还是小学二年级学生的我，一下子就为之着迷了。到学校才发现，不光是我，所有朋友都陷入了兴奋状态。我们很快便开始画起哥美斯和利特拉战斗的画面，互相传看起来。

“哈哈，真开心。下星期还有《奥特Q》呢。好开心呀，还能继续看。”我的朋友M山煞有介事地说道。其他人也忘我地点着头。想看怪兽电影的新作，必须要等半年左右。但从现在开始，只要等到周日晚上七点，每星期都可以见到新怪兽。

“而且还是免费的呢。”M山又补充了一句。这也是令人欣喜的重要因素，我们夸张地点着头。

我觉得，这段对话简明扼要地表达了《奥特Q》的伟大之处，即《奥特Q》是一部与剧场版怪兽电影相比毫不逊色的作品。首先，虽然它只是一个短短三十分钟的电视节目，但在特技特效方面丝毫没有让人觉得有偷工减料之处。《五郎和哥罗》（第二集）、《猛犸之花》（第四集）、《嘎啦蛋》（第十三集）等甚至比某些蹩脚的特效电影更具魄力。

它的故事也十分精彩，毫无冗长拖沓，一个接一个明快地展开。看第一眼时似乎觉得它只是追求娱乐效果，但其实对破坏大自然和科学万能主义的批判态度坚定地贯串作品始终。

当《奥特Q》连续播出三到四周之后，孩子们也有了相应的喜好。那些设计巧妙的故事情节当然不错，但主角还得是怪兽。接下来会出现什么样的怪兽呢？有多厉害呢？这些成为了话题的中心。其实第四周的播出结束后，关于这方面我们已稍有不满。最初登场的哥美斯是很像怪兽而且很帅，但哥罗却一脸傻样，那麦贡又那么恶心，究兰竟然只是一朵花。

满足我们期待的是第五集登场的贝吉拉。标题也很直白——《贝吉拉来了！》。它是只怎样的怪兽呢？它是只企鹅怪兽。这样说可能听起来很弱，但根本没这回事。它很强，还长了角，嘴里吐出的气可以让任何东西冻结，并且同时产生半重力状态，连汽车都在空中乱飞。

贝吉拉唯一的弱点是从某种藻类中提炼出的名为“贝杰米H”的药物。它非常厌恶这种药，所以逃跑了，但令我们开心的是“它只是逃跑，并没有死”。我们还可以抱有期待，贝吉拉还活着，它还会再次出现。可以说，在《奥特Q》当中，贝吉拉就相当于哥斯拉。事实上，在第十四集《东京冰河期》里，它的确复出了。我们欣喜若狂，于是想出了“贝吉拉捉人”的游戏。具体怎么玩呢？把外套解开，两手插到口袋里，喊一声“我是贝吉拉”，然后呼啦呼啦地扇起双臂。冬天呼出的气是白色的，这就有了神韵。被白气吐到的人必须保持当时的姿势不动，然后念十遍“和尚放屁啦”。现在想想，那真是个蠢游戏。

在人气上和贝吉拉分庭抗礼的是嘎啦蒙。当时的少年杂志上一直有《奥特Q》的专栏，介绍即将登场的怪兽。当嘎啦蒙登出来时，我们都被震撼了。因为它的外形和迄今为止的怪兽截然不同。大部分的怪兽都可以用“某某怪兽”这种说法来描述，这家伙却不行。若一定要说,可能算是“松球怪兽”吧。杂志上用了“来自宇宙的恐怖电波怪兽”这种说法，因为嘎啦蒙靠从电子大脑发出的电波行动，即它是机器人。在故事里，它因电波被阻拦而死。死时的样子是那么可怜，这更令它人气飙升，在第十六集《嘎啦蒙的反击》中它再度登场就是证明。当然我们也因此而想出了“嘎啦蒙捉人”的游戏。

除此之外,人气较高的还有《二〇二〇年的挑战》（第十九集）里的凯姆尔人、《海底原人拉贡》（第二十集）这些。凯姆尔人的奔跑方式很独特，手脚伸展的幅度很大，跑起来轻飘飘的。每个班肯定有那么一两个家伙跑起来会是这副模样，这时其他人就会喊“出现啦，凯姆尔跑法”这样的话调侃。拉贡是半人半鱼，来夺回被人类夺走的孩子，是个外表丑陋却让人落泪的角色。在第十五集登场的卡尼贡人气也很旺，不择手段地敛财结果变成了卡尼贡，这故事对大阪人来说有些难以接受。

我喜欢《燃烧的光荣》（第二十六集）里叫作比达的怪兽。在作品里，它的学名叫阿里盖托塔斯。外形类似变色龙，可以根据周围的温度改变自身体积。它和把它作为宠物饲养的一名拳击选手在心灵上的情感联系令人落泪。

如此令我们魂牵梦萦的《奥特Q》在《消灭206号》(第二十七集)之后暂时落下了帷幕（重播时增加了第二十八集《打开它！》)。之所以说“暂时”，是因为当时已经决定要制作新版本卷土重来。众所周知，那就是后来的《奥特曼》。

沿袭了《奥特Q》的路线、从执着创造具有代表性的英雄的情结中孕育而生的，就是这个叫作奥特曼的超人。听说最开始名字定为“百慕拉”，外形也更接近怪兽，可以说是一个“站在正义方的怪兽”的形象。经过多方探讨，最终外形变得更具外星人气质，好像还另起了个“赤侠”的名字作为候补。而“百慕拉”则被用在了在第一集登场的怪兽身上。

这个超级英雄一登场便让怪兽热潮沸腾了。和当初的哥斯拉一样,因为支持的对象特定,对孩子们来说十分好懂。刚过一个月，我们的笔记本上就画满了奥特曼，不管做什么事，所有人都要先学奥特曼打斗时的样子喊一声“咻哇”。

但是,越着迷要求便越严格,这也是事实。在课间休息的时候，我们就进行过各种探讨。

“都说能量计时器的时间有三分钟，但真的是三分钟吗？之前我看电视的时候，觉得似乎有些短啊。”

“不对，我还觉得长呢。能量计时器变红的话，肯定就只有三十秒啊。但是每次变红之后的打斗也太长了。”

“先不管那个，为什么奥特曼在中途不去补给能量呢？那样不就能想打多久就打多久了嘛。”

对于科学特别搜查队，我们也抱怨了很多，其中最具代表性的是这个问题："科学特别搜查队到底为什么存在？"

在故事里，这是一支专门收拾怪兽的队伍，但完全没有用处，总是陷入困境，让奥特曼出手相助。

"最可气的就是那个姓伊出的队员，他到底是来干什么的啊？总是逃跑，完全靠不住。那种人是怎么成为队员的？要是那样的话，我都能干。"我的朋友M山气鼓鼓地说道。大家也都跟着说"就是就是"，点头赞同。伊出是科学调查部的负责人，真的是个很没出息的角色。

不过，对于奥特曼最大的不满，还数这条——奥特曼为什么不快点使用斯派修姆光线呢？

那个双臂交叉成十字将怪兽笼罩在斯派修姆光线之下的姿势，我想恐怕全日本的孩子都模仿过，而且所有人肯定都曾有过这样的疑问。与其朝怪兽使用锁头技或过肩摔而浪费体力，一开始就用大绝招不是更快嘛。大家有这种想法也是理所当然。关于这一点的解释，或者说是借口，曾在某少年杂志上刊载过。大致内容是这样的：

"斯派修姆光线十分消耗能量，奥特曼也不愿意频繁使用。但在万不得已的情况下，还是会作为最后的杀手锏使出来。而且斯派修姆光线也并不是任何时候都好用，所以要先靠拳脚尝试各种打斗。"

这种令人似懂非懂的解释实在叫人怀疑，他们是否觉得我们只是孩子，根本没把我们放在眼里。“唉，太早使用斯派修姆光线把怪兽打倒的话，故事就不够好看，时间也会剩出来好多。”最后还是由我们自己道出了真相，放弃了对这个问题的追究。

虽然有种种抱怨，也全只因奥特曼是我们心目中的超级英雄。我们也如同爱着奥特曼一般地爱着每次登场便注定会被干掉的怪兽们，几乎相互争抢般地收集着各种怪兽卡片。

如果要列举奥特曼系列里有名的怪兽，第一名还是要数巴尔坦星人吧。看预告时还以为它只是只龙虾怪兽，可它既会隐身术又会分身术，还会变得巨大，充分地向我们展示了如同宇宙忍者般的身手。除此之外，还可以举出面相酷似黑社会分子的雷德王、让奥特曼苦战了两个星期的哥莫拉这样的强敌。内隆加、杰罗尼蒙等也很强，但知名度一般。

还有很多值得同情的怪兽。住在雪山里的乌其实并没那么坏，而亡灵怪兽辛勃则是个明明想回怪兽墓场却回不去的可怜家伙。

让我们潸然落泪的，是原本身为人类的贾米拉。他曾是一名宇航员，迷失方向后到达的行星环境令他的身体产生了变化，不得不带着一副怪模样回到地球（第二十三集《我的故乡是地球》）。他被奥特曼打的时候看上去很痛，连我都不禁对着荧幕自言自语道：“就饶了他吧。”我想，应该很多人都知道那种玩法——将头从毛衣或圆领衫的领口里伸出来说：“我是贾米拉啊！”

不过，每周都有全新的怪兽登场似乎十分困难，所以也时常有似乎曾经见过的怪兽被装扮一番后重新登场的情况。常常有仅换个头就作为新怪兽出场的，仅换个名字就再次出现的情况也偶尔能看到。小怪兽匹咕蒙就是《奥特Q》里的嘎啦蒙，这已众所周知，同样来自《奥特Q》的贝吉拉装了对翅膀之后就成了强德拉。有意思的是，其实哥斯拉也在《奥特曼》里登场了。第十集《神秘的恐龙基地》里，它装上了伞蜥蜴般的领圈，用吉拉斯这个名字同奥特曼决斗。

如此这般在每个星期天邀请我们前往神奇世界的《奥特曼》，终于要迎来终结的一刻了。虽然可惜，但也无可奈何，这就是我们当时的心情。天下没有不散的筵席，比起惋惜，我们更期待下星期开始播出什么。无论在什么年代，孩子都有着冷酷的一面。

最后一集带来的结局令人震惊，奥特曼败在恶魔般的怪兽绝顿手下，而绝顿竟然被一无是处的科学特别搜查队给干掉了。我咀嚼回味着最后一集带来的感动，同时也佩服着做到了自圆其说的故事情节："原来如此，这样一来，就算奥特曼不在了，地球也会平安无事的。"

《奥特曼》结束了。接下来是什么呢？我注视着荧屏。

画面里出现了"奥特队长"这几个字，随后是一个头上套着奇怪头盔的大叔，带着一个廉价机器人和怪异的小弟，和做工粗糙的布偶对战的场面。他们身后的背景和微缩模型，让人想起了以前国外的一部电视剧《迷失太空》。

第二天去学校，朋友们都沉默了。M山光是听到“奥特”这两个字就露出了哭笑不得的神情。

“没事的。要不了多久肯定还会出现和奥特曼一样帅气的角色。”我们互相鼓舞，执着地等待着那一天的到来。而那一天真的来了。

赛文·奥特曼登上了舞台。

还我赛文

作为一名怪兽迷，我有个小小的不满——《赛文·奥特曼》的评价怎么能比《奥特曼》低呢?!

不管什么时候，人们总是说“到底还是《奥特曼》好啊”，这到底是为什么呢？拍成动画片、出现在广告里、被《记忆中的英雄》这个节目报道的，全是奥特曼。最近甚至还拍了部名为《成为奥特曼的男人》的电视剧。

每当看到这些时，我都想说：“赛文呢？拍赛文啊！”因为赛文·奥特曼才是我最爱的超级英雄。

《赛文·奥特曼》诞生于一九六七年，它凝聚了更多的奥特曼情结，进化为连成人都喜欢观看的节目隆重登场。

这部科幻电视剧有着连贯的剧情，并不只是一味地放出更多的怪兽，而是以和外星人共存为基调，按照剧情需求加入打斗场面。不用说，这象征着现代不同人种、不同国家之间的关系。可以说，《奥特Q》里曾经蕴含的社会性问题，在《奥特曼》中因重点被放在迎合孩子们的口味上而被忽视，但在《赛文·奥特曼》中则以崭新的形态获得了重生。第八集《被狙击的街道》、第二十六集《超强兵器R1号》、第四十二集《农马尔特的使者》等剧集都包含着强烈的思想性。第四十七集《你是谁？》中的创意极具冲击力，甚至令人产生将其借用到推理小说上的冲动。

为了支撑严谨的故事剧情，质量相当的世界观设定也是必要的。对于这一点，《赛文·奥特曼》做到了精益求精。直接同外星人或怪兽战斗的是"奥特警备队"（简称"U警备队"），而这只是隶属地球防卫军的组织之一，只有防卫军中最优秀的人才可以加入。所以故事中常常还有例如防卫军参谋这种同U警备队分属不同组织的军人出现。这和《奥特曼》中以少量人数敷衍了事的科学特别搜查队完全不同，当然也不会出现伊出这样拖后腿的家伙。

顺便提一下，U警备队中唯一的女性——安奴魅力十足，是当时我们所有人心中憧憬的对象。就因为她穿了一次连体泳衣，我的朋友M山第二天异常兴奋，一直问我："喂，你看到没？昨天的安奴你看到没？"

地球防卫军那几乎可匹敌经典名作《雷鸟神机队》的装备也让我们欣喜万分。为了迷惑外星侵略者，军事基地建在了地底。U警备队乘坐奥特飞鹰一号出击时，山的一部分会滑动打开。奥特飞鹰一号还可以分解为阿尔法、贝塔、伽马三架战斗机。除此之外，还有火箭形状的奥特飞鹰二号、小型战斗机奥特飞鹰三号、地下战车等武器装备。不管什么事都要靠那架叫作威托的飞机的科学特别搜查队与此根本没有可比性。地球防卫军可是还有一座名为 V3 的宇宙空间站呢。

赛文本身也是帅气十足，特别是他的动作。我们常常学他的样子，将午饭时学校发的面包捏得扁扁的，顶在头上，大喊一声“头镖”，然后朝别人砸去。还有令我满意的一点是，变身的过程可以看清楚。早田究竟怎样变身成为奥特曼，这一直是我的一个疑问，直到看赛文·奥特曼变身，才终于一清二楚。诸星团戴上奥特眼镜之后，就会从眼睛开始逐渐变身成为奥特曼。在变身中途，仍旧保持着人类造型的鼻子稍稍朝上翘着，样子还挺可爱。

赛文还比奥特曼更加人性化。他保持着巨大身形活动的场面很多，常与外星人对话争论。外星人对他也很了解，还讲过“嘿嘿嘿，欢迎来到我们的秘密基地，赛文·奥特曼”之类的话。这种似敌似友的关系倒是同怪人二十面相和明智小五郎[①]之间的差不多，在外星侵略者之间，“诸星团就是赛文的乔装”已是公开的秘密。

那么，最重要的怪兽又如何呢？我首先想介绍的，并不是和赛文战斗过的，而是站在赛文一方的怪兽，即众所周知的胶

①怪人二十面相是日本推理小说家江户川乱步创造的反派角色，在《怪人二十面相》里首次现身，与侦探明智小五郎相互较量。

囊怪兽。诸星团随身携带着几个胶囊，每当自己无法战斗时就会抛出它们。这时怪兽就会从中出现，代替他和敌人战斗。其中最具代表性的是乌英达姆。它有一张公鸡般的脸，甚是可爱。但是据我所知，这家伙基本上没起到什么作用，顶多也就是个混时间的。

而关于敌方的怪兽，我仔细回想后才发觉，《赛文·奥特曼》里从未出现过真正像怪兽的怪兽。如前所述，赛文的对手大多是企图侵略地球的外星人或受其操纵的机器人。比较像怪兽的可能也就是艾雷王这种吧。而外星人里我比较推荐潜伏在黑暗中的佩加星人、在老城区租了间破房子住的梅特龙星人、生活在居民区里的伊卡尔斯星人。这些外星人总让人觉得它们似乎就在周围，所以很可怕。尤其是梅特龙星人，它并不是只会和赛文打斗，还会和他在房间里盘膝而坐，企图靠歪理和连篇废话让赛文屈服，是个具有独特个性的角色。

外星人的机器人有宇宙龙那斯、克雷齐贡等，但我在这里还是想介绍金古桥。它的身体可以分解为四部分，说起来算得上是合体机器人的鼻祖，而且设计也很出色，恐怕是赛文最强的敌人。

赛文还和赛文战斗过。外星人制造了冒牌的赛文机器人。它们通过一种可以让人主动招供的机器从诸星团口中问出了奥特光线的秘密，连那玩意儿都装上了。

恐龙战车则以划时代创意令我们震惊。物如其名，它的上半身是恐龙，下半身是战车，简直就是一座移动要塞。

还有一些摸不清真实形态的敌人。在第三十四集[①]《死神的侵略》中登场的，是些只有黑影、如幽灵般的东西。死人被这些东西操纵、如僵尸般行动时的画面极具冲击力。

即便是如此伟大的《赛文·奥特曼》，也和《奥特曼》一样迟早要结束。最后的敌人是戈斯星人和长着两张大嘴的怪兽庞敦。但其实赛文还有一个更大的、不得不与之战斗的敌人。

那就是疲劳。

由于和太多的敌人进行过战斗，赛文的肉体已经达到极限状态。这是多么伟大的先见之明啊。如今已经成为社会问题的过劳死，在当时就已经关注到了。

决意回到自己星球的赛文刚执行完最后一次任务，便又和发起“史上最大侵略”的戈斯星人开始了战斗。诸星团在安奴面前完成最后一次变身是奥特曼系列当中最令人感动的场面。

“身体状况不好，为什么不早些告诉我呢？”知晓了所有真相的桐山队长看着赛文战斗的背影叹道。

因最后一集的到来而萎靡不振的我无力地跪倒在电视前：“跟你说也于事无补啊。”

之后圆谷工作室还制作了《怪奇大作战》和《全能杰克》，但这些都不是怪兽题材，所以就不提了。不过我要强调，这两部都是水准十分高的作品。

---

①应为第三十三集，此处疑是作者笔误。

其实在《奥特曼》和《赛文·奥特曼》大行其道时，也有怪兽题材的其他节目。数量实在太多，我也不知该说哪个好，印象比较深刻的应该算是《熔岩大使》和《铁甲人》吧。《熔岩大使》中机器人变身成火箭的设定很独特，而外星人国亚和能变身成任何人的拟人怪都是独具特点的角色，整部作品展现出并非模仿奥特曼系列的独特个性。但是，制造了熔岩大使的亚斯爷爷究竟是什么人，到最后我也没看明白。这部作品的特效技术还有很多诟病，这里就姑且不表吧。但有一点，事到如今说说也无妨。我还是觉得，既然好不容易找来手冢治虫先生的原作，拍成动画片会更好。

《铁甲人》是一部机器人题材的动作类电视剧。因为机器人是靠少年主人公操纵的，所以应该可以归纳到《铁人 28 号》系列里吧。为营造出适合机器人的氛围而花费的心思在剧中随处可见，还融入了很多新颖的创意，比如每根手指都是一枚火箭。但动作太过迟钝，动作场面看上去有些无聊。这一点对《熔岩大使》也适用。所以，采用了贴合身体的套装设计的《奥特曼》和《赛文·奥特曼》，从道具性能上来说也算是做出了对的选择吧。

虽然算不上超级英雄，不过《快兽布斯卡》也令人难以忘怀。它讲述了一只反应迟钝的怪兽和住在附近的少年之间的故事，是一部暖心的温情剧，感觉上很像藤子不二雄先生的《小鬼 Q 太郎》。说到藤子先生，我又想起当时还有过一部《忍者哈特利 + 忍者怪兽吉波》。不管是布斯卡还是吉波，据说都是低预算却获得了良好收视率的作品。说到底，最重要的还是故事本身啊。

《赛文·奥特曼》之后，奥特曼系列经历了一个短暂的空白期。一九七一年《归来的奥特曼》开始播出。我虽已是初中二年级的学生了，但凭着那份怀念，还是欢喜地转起了电视频道。

一看才发现，赛文里的成熟元素不见了，作品又回归到原始奥特曼那面向孩子的路线。我觉得这也是没有办法的事。奥特曼有奥特曼的特色，赛文有赛文的。如果播出的是《归来的赛文·奥特曼》，那么一定可以回应我的期待。

但这种想法是一个巨大的错误。赛文居然在《归来的奥特曼》出现了。我永远忘不了那一幕。在奥特曼和一只叫作贝蒙斯坦的怪兽苦战时，赛文竟突然现身，交出了名为奥特曼手镯的道具。奥特曼用它打败了贝蒙斯坦。

这一瞬间，直觉告诉我，赛文的世界再也回不来了。让两大英雄在同一次元里出现是万万使不得的。

我的直觉得到了印证，在那之后，赛文又出现在《艾斯·奥特曼》里，甚至还在《泰罗·奥特曼》中以什么“奥特六兄弟”之一的身份和其他人一起登场。既然有泰罗和兄弟，那也得有父母吧，于是乎，奥特之父、奥特之母也都给弄了出来。

几年前，我拿起外甥的书看时不禁愣住了。上面有一张气势磅礴的奥特家族大团圆照片。当然，我的赛文也在其中。我看着它，感到一股莫名而沉重的忧伤。

更衣室里有太多秘密

我就读的 F 高中曾因两件事闻名。第一，它是日本最先发起学生运动的高中。若是大学则另当别论，高中爆发学生运动本身就很罕见，而且学生们还真刀真枪地架起护栏在校园里坚守，挺有意思。

我记得那应该是高一上伦理社会课的时候。老师在课堂上拿出一本旧杂志给我们看，里面有篇报道，标题是《马克思小子们闹翻天》。

“它告诉我们，各位的前辈们的行动力很强，而且很有思想。”伦理社会老师愉悦地说着，像对待古文献一般小心翼翼地将那本杂志放回了文件袋。看着他，我恍然大悟，校园里闹起学生运动，老师们当中或许也有一些会感到高兴。学生采取那样的行动虽有些过激，但也可以理解为思想上的逐渐成熟，那也不能不说是老师的功劳。

发起运动的学生要求废除校服。这正是让我们F高中出名的第二件事。学生们提出的要求得到了批准，F高中成为了日本第一所自由着装的高中（我们是这样听说的，是否属实并未考证）。

穿什么去学校可以自由决定——这对于那些从初中起就一直穿校服的人来说，简直像梦一般。从今往后，再也不用在炎热的夏日扣上立领，寒冷的冬天只要在毛衣外面套上大衣就行。

即便如此，最初入学时，几乎所有人都穿着学生服来报到。虽然校服没有了，学生服还是作为通用服装延续了下来。随后，渐渐地有一两个学生开始穿便服来上学，到了第一学期的后半段，就有一大半都不再穿学生服了。初中时剃光头的男生们，都等到头发长了之后换上了便服。我初中时就是长发，所以算是比较早穿着便服上学的。

可没过多久我们便意识到，着装自由其实也有相应的烦恼，这恐怕和当今的OL们的烦恼是一样的。

那就是，穿出去的衣服没有新花样了。

在我们看来，如果连续三天都穿同一件衣服会有些不好意思，四天会抬不起头，五天就如坐针毡了。可我们只是穷酸的高中生，衣服不多。没办法，只得连日穿着同样的衣服。这样一来，很快就会被人调侃，接着被大家当作笑柄。不过，说到底每个人的情况都差不多，到最后都是在互相揭短。

“喂，山本，你常穿的那件粉衬衫哪儿去了？时隔一周终于拿去洗啦？”

“嗯。你那件破了袖口的外套倒还是那么合身，简直快和皮肤融为一体喽。”

“哪里哪里，还是败给了你那条已经坚持了两个星期的牛仔裤。”

“你还说我，你那件穿了五天的T恤衫，正散发出别致的气味呢。”

这种令人难堪的对话时常出现。

男生即便总穿同样的衣服，多少还有些可以蒙混的余地。只要这样互相嘲笑一番，也就觉得无所谓了。女生却不是这样。她们对于着装的执着和认真远在男生之上，绝非连续三天穿同样的衣服才觉得不好意思的程度。从星期一到星期六，每天穿不同衣服是理所当然的。稍微讲究一点的女生，都有几件每个季节只穿一次的衣服。总之，对她们来说，每天都是时装秀，为了能穿出哪怕只比其他女生好一点点的衣服，她们简直是拼上了性命。

有一次，一个名叫M子的女生穿着新买的衣服来学校。她以浓妆艳抹闻名，平时上课时扑面而来的香水味让坐在旁边的我都张不开嘴，那天更是在化妆上狠下了番功夫，看上去似乎是为了配合那身略显成熟的衣服。

“哟，M子，新衣服啊。”

我刚说完，她便哼了一声。“看出来了？昨天在心斋桥买的。”

“看上去挺贵啊。”

“还行吧。”

M 子很满意。可是旁边男生的一句话，让她的表情为之一变。“这衣服，我刚才看七班也有人穿。”他小声嘀咕道。下一秒，M 子就挑起了半边眉毛。

“你说的是真的？”

“嗯，我想应该是一样的衣服吧。”

他还没说完，M 子就站了起来，活动着肩膀走出了教室。我抱着看热闹的想法跟在了她身后。七班就在旁边。

M 子气势汹汹地站在七班教室门口，打量着里面。我也从她身后窥视着教室里的情况。那个女生很快就找到了。因为穿着和 M 子一样的衣服，很容易找。

我听见 M 子发出了一声刻薄的“嘁”。

似乎感受到了身后的视线，对方也转身朝向我们这边。当然，她也注意到了 M 子的衣服。

两人的视线相撞时气势非凡，甚至好像伴随着噼里啪啦的声响。M 子猛地转身，返回教室。我也赶忙跟着退下。

“那个丑八怪，穿得一点也不好看。”她粗暴地坐到椅子上，狠狠地吐出这么一句话，又踹了一脚桌腿。老虎屁股摸不得，此时的我只得在一边缩着脖子不作声。

此后 M 子再也没穿那件衣服来过学校。恐怕七班那个女生也是一样吧。

如此这般为衣服燃烧着异样激情的她们，渐渐地也开始冷静下来。想想也是理所当然，赚不了什么钱的高中生每天穿着花样翻新的衣服来学校，那才不正常呢。

但是，她们并未因此放弃对衣服的执着。既想少花钱又想和以往一样时髦漂亮的她们，想出了一条令人拍案叫绝的妙计——朋友之间相互交换衣服来穿。

在我们学校，每个班级都有个小房间的更衣室，在教室的后面，里面摆着每个人的物品保管柜，女生们常常在那里交换衣服。于是常常有人上午和下午穿着不一样的衣服，甚至有人每隔一个小时就去换一次。她们就这样从中找出最喜欢的衣服，放学后借走穿去约会。

高二时，别人曾让我进过一次女更衣室，我看到里面有一个小小的梳妆台，甚至还有个简易衣柜。我觉得很不可思议，真不知道她们是怎么弄进去的。

那么，当女生在更衣室里梳妆打扮、乐此不疲时，男生在干什么呢？这还用说，当然是偷看她们。

更衣室之间是用金属板隔开的，在金属架上自然会用螺丝进行固定。

有一次，某男生拿来一把螺丝刀，偷偷地卸下一个螺丝，露出了一个螺丝孔。那个孔自然是连着女生更衣室的。对于总是只能听到青春娇艳声音的我们来说，那个孔可以说是通往未知世界的入口。

体育课上女生开始换衣服的时候，我们都挤到了那个小孔前。

“啊，喂！别推！”

“看得见吗？看得见吗？”

“只能看见一点点。浑蛋，转身朝这边啊。嘁，有人站前面挡住了。”

我们的举动很快便被女生察觉了。她们在小孔前贴了一张海报。

“女生也太抠门了吧。”

“让我们看看又不会少块肉。”

我们只得把好色的心束之高阁，愤愤不平地念叨。但很快我们便想出了对策。一个男生拿针在海报上扎了一个洞。比起螺丝孔来，这更隐蔽了。对那个勇敢的男生，我们鼓掌致敬。这一划时代的方案让我们的偷窥行动得以重新开始。

但是幸福持续得并不长久。因为某个男生为了能看得更清楚而将洞挖大，结果被女生发现了。那个男生最后被女生朝眼睛里喷了发胶，下场很惨。

从那以后，女生开始在那个孔上挂起了上衣或外套。这就没办法了。男生只能隔着墙听着隔壁女生的声音，想象着她们的模样。

有一次下课后，意想不到的幸运竟然从天而降。

当时我参加了田径部，练习结束后正和朋友 K 换衣服，忽然听见有人进女更衣室，发出了声响。听见她们说话后，我们便知道了是谁。她们似乎没有注意到我们在这边。

没过一会儿，K 将食指放在嘴唇上，另一只手指了指螺丝孔，然后动起了嘴唇，但并未发出声音。看唇形他是这样说的——“能看见”。

我脚下没发出一点声响，靠近那面墙，眼睛凑到螺丝孔边。正如K所说，孔的对面没有任何障碍物。她们似乎以为这边没人，大意了。

K也通过另一个孔开始偷看。两个手脚细长的高中生趴在墙上，那副模样看上去或许就像两只壁虎吧。

女生们并不知道自己正被偷窥，行为十分洒脱，衣服脱得堪称一气呵成。她们脱得那么豪放，甚至让人没有一点下流的感觉。说实话，性兴奋更是完全没有，只不过偷看本身很有意思罢了。

不久，一件意想不到的事就在我们眼前发生了：一个女生将手伸进裤袜里挠起了屁股。看到这一幕，我和K都“噗”地笑出了声。

那个女生立刻将手从裤袜里抽了出来。其他女生也停止了谈话，全盯着这边。

我和K注意着不发出任何声响地离开了那面墙，接着屏住了呼吸。

她们开始讨论起来。

“被偷看啦。”

“嗯。我刚才看到眼睛了。”

“你觉得是谁？”

“嗯……”

“我想应该是体育社团的。”

“不是剑道部。他们都直接在道场换衣服。”

“我觉得也不是排球部的 C。那小子挺老实的。”

“那就是橄榄球部的？”

其中一人朝我们喊话：“喂！那边的到底是谁？痛快点，报上名来吧！”

我们沉默不语。并不是报上名字就一定能得到她们的原谅。

“要不要我去把你们揪出来？”

“别别，那多没意思。慢慢整他们。先去看看操场。”

隔壁响起了女生们走出更衣室的声音。有几个人守在男更衣室门口，其余的似乎正俯视操场。

“橄榄球部的 H、S、N 全在操场上。啊，网球部的 T 也在。”

“那剩下的就是篮球部那帮人、体操部的 B、田径部的两个人……”

“哦，原来是用排除法，那查清楚也只是时间问题哦。”

“查清楚之后呢？要怎么办？”

“唉，怎么办呢？我们可是被他们白看了。”

“要不然把他们的内裤脱下来吧。哈哈哈。”

这时，只听咔嚓一声，教室门被打开了。好像有人进来。

“喂，你们在干什么呢？”是体操部的 B。

“啊，B，不好意思，你先别进更衣室。我们马上就把浑蛋给抓出来。”

“浑蛋？谁啊？”

“噢，很快就知道啦。那个谁、那个谁、那个谁、那个谁吧。我们正在考虑要怎么处置他们。”

“脱内裤也是可以的。”

“你怎么总惦记这个啊。”

女生们高声笑着。

我和 K 只得无可奈何地面面相觑，将身子缩成一团。

梦幻般的蝴蝶腿

大阪老家附近有很多电影院，以前我常看到一些男人昂首挺胸地从里面走出来。这往往说明他们刚才看的肯定是黑帮片。看到主角们在银幕上无法无天，他们似乎觉得自己也变得能打了。男人这种生物真的很幼稚。

其实我有一段比他们好不到哪儿去的、不堪回首的过往。这或许是所有看过那部电影的男人的共同之处吧。

那部电影叫作《龙争虎斗》。

电影上映时我高一。那年冬天，李小龙热以异乎寻常之势汹涌而来。

其实一开始我并没多大兴趣。朋友看过电影后相当着迷，当他对着教室的墙壁用那小短腿做踢腿练习时，我只是在一旁冷眼看着，心里还嘲笑他该不会是傻了吧。

新年时有个朋友约我一起去看《龙争虎斗》。因为刚拿到压岁钱，腰包还算鼓，而且又正好没事，我便决定陪他。上映地点是因吉本兴业而出名的梅田花月附近的电影院。

电影院爆满。大部分观众看上去像是男高中生，还有不少一看便知是不良少年。

等待电影开场时，我打量着挂在影院内的海报。其中也有那张著名的海报，里面的李小龙正高举着两根用锁链连起来的棍子。

“那是什么啊？”我指着李小龙手里的东西问朋友。

“不知道。应该是某种武器吧。”

“到底是什么构造？”

“谁知道呢。”

我们如此交谈着，不一会儿，竟发现商店里正在卖那个武器形状的玩具。那些塑料玩具和写有“李小龙的锁链棍有货”字样的招牌摆在一起。那时候，“双节棍”这种叫法似乎还不普及。

看到这个，我们大笑起来。

“谁会买这种东西呀。”

“是啊。我还真想看看买这种东西的人都长什么样呢。”

不一会儿就到了开场时间，我们便进去了。

《龙争虎斗》剧情十分简单。少林拳法高手李受情报局所托，只身闯入被坏人韩控制的要塞小岛，试图揭露他的阴谋。这座小岛从表面上看是个练武场，禁止携带一切枪支武器入内。在岛上，李参加了由韩主办的比武大赛。比赛中李的打斗十分精彩，后半段时，他使用长棍和双节棍接连打倒大批敌人的场面更是重头戏。我想这部电影的制作经费并没花多少（在一个李小龙踢翻敌人的画面中，位于后方的敌人中还有不自觉笑场的，临时演员实在敷衍），堪称只要主角优秀便可拍得好看的作品之典范。

大约一个半小时之后，我们怀着激动的心情离席。我情不自禁地摆出一副昂首挺胸的架势，完全不能自已。不光是我们，周围所有人看上去都像是要忍不住朝旁边踢上两脚的样子。

我们再次路过刚才那家商店，“李小龙的锁链棍有货”的招牌进入视线。我们对视一眼，都不由自主地停下脚步，掏出钱包。

我们互相点了点头。

“大婶，我要买锁链棍。”朋友小声说道。

结果大婶却面露难色地将招牌收了起来。“不好意思，卖完啦。”

“哎？”

“刚刚才卖完的，真不好意思啊。”

当我回过神时，发现周围的人都看了过来。我们收起钱包，慌忙离开了那里。

当时读中学的人对于那股狂热一定至今还记忆犹新。《龙争虎斗》瞬间席卷了整个日本，说它已经成为一种社会现象恐怕都不为过。面对这股狂热，电视台当然不会视而不见，关于李小龙的专题节目几乎每天都在播出，甚至还搞起了模仿秀。李小龙成名之前出演的《青蜂侠》也是在这个时候播出的（村上春树先生在《挪威的森林》里描写一位有钱人家小姐的驾驶员时,用过“活像《青蜂侠》中出场的驾驶员”这样的语句，那个驾驶员就是李小龙)。

《龙争虎斗》的电影原声碟也卖得十分火爆。当时的封套上印刷着“收录怪鸟音”这种莫名其妙的字眼，而所谓的怪鸟音指的正是李小龙打斗时发出的“啊嗒、啊嗒——”的声音。

跟风作品很快便出现了。如果没记错，应该是松竹和香港的电影公司合拍的，光看名字就叫人忍俊不禁——《愤怒吧！老虎》①。再怎么偷懒,也不能这么直白吧。看完预告片,我决定还是不去看了。

不用专门去拍，其实功夫电影当时在香港要多少有多少。很快,大量劣质电影便接二连三地被引进。都是《惊险之虎》啊、《龙跃虎啸》之类（名字可能多少有些出入，但大致就是这种感觉）。

其中比较可笑的是一部叫作《独臂拳王》的片子，主角被坏人砍断了一只臂，将剩下的另一只手臂练得超级厉害进行复仇。先不说那只“被砍掉”的手臂其实一眼就能看出是藏在衣服底下，那些坏人被打倒时的样子演得也太过做作，到最后只能当作喜剧片来看。这部电影里出演主角的王羽，在日后香港和澳大利亚合拍的《直捣黄龙》(拼图乐队演唱的主题歌,因被摔角选手米尔·马斯卡拉斯选为出场音乐而走红）里，展示出和李小龙风格不同的跳踢技巧，别有一番风味。顺便说一句，在这部电影里被王羽打

---

①为引进日本的名称,中文名为《绝招》。下文中《惊险之虎》的中文名为《硬汉》,《龙跃虎啸》的中文名为《龙虎斗》。

败的，就是后来在《女王密使》中出演邦德的乔治·拉赞贝。对007迷来说，这或许有些难堪。

在功夫电影从香港大举入侵的时候，日本的演员又在做什么呢？其实他们并不是什么都没做，而是闷头准备着打算跟上这股热潮。集大成者就是由千叶真一主演的空手道电影《激斗！杀人拳》。

关于这部电影的评价，我想借用当时唯一去看了的朋友的话。他说：“唉，还是《关键猎人》（千叶真一出演的一部怪怪的动作电视剧）比较好看啊。”

在《龙争虎斗》里同李小龙一起出演的那些功夫明星也一个个带着各自主演的电影来到日本。饰演李小龙的妹妹、受欢迎程度几乎可以成立影迷团的茅瑛带着《合气道》，饰演黑人空手道高手的吉姆·凯利带着《黑带猛龙勇娇娃》，再次出现在我们的面前。

说些题外话，在《龙争虎斗》中饰演坏人首领韩的石坚，后来在许冠文主演的《半斤八两》中大显身手。而在《龙争虎斗》影片开始时同李比赛的那名选手，就是后来凭借《肥龙过江》大红大紫的洪金宝。跑龙套的最终获得成功，这在影视界也是常有的事。

就这样，为了赶上这股潮流，各种各样的电影被拍了出来，然后出口到日本，但都票房惨淡。究竟是为什么呢？答案其实很简单。我们这些《龙争虎斗》的影迷，并不是为功夫电影着迷，而是为李小龙。李小龙就是一切，他的动作片才代表真功夫，对于我们来说，李小龙之外的功夫明星都是冒牌货。

但李小龙没能再拍出新的影片，因为他还未等到《龙争虎斗》公映便离奇死亡。不可否认，这为他蒙上了更加神秘的面纱。

既然再也看不到他的新作，那只有将注意力放到以前的作品上。《唐山大兄》率先公映。我们为能再次看到他的功夫电影而欢天喜地。说实话，这部电影连B级片都算不上。故事情节老套，演员的演技也矫揉造作。但这都也无所谓，重要的只有李小龙是否出演这一点而已。

所以，当电影公司尝到《唐山大兄》大获成功的甜头、企图以《精武门》重温美梦时，我们同样毫不犹豫地冲进了电影院。而且我去的还是在公映两天前举行的特别试映会，付了比平常更高的价钱。

对李小龙如此着迷的我们，当然不可能仅仅因为看了他的功夫电影就满足。理所当然地，每个人都打心眼儿里希望自己能变得像李小龙一样强。

可以说，在当时学校的操场和走廊上，一定能看到那么几个正模仿少林寺拳法的人。有人模仿发型，还有不少人竟然真的开始去道场习武。每年都因人员不足而伤透脑筋的空手道社团，活动室里如今早已挤满了想要报名参加的人。

还有人将自制的双节棍带到学校，一到休息时间就开始练习，却无法像李小龙那样耍得出神入化，所以经常把自己弄得满头包。

我嘴上说别人，其实自己也偷偷在家里练习踢腿，就是在天花板上吊一个橡胶球，对着它往上踢。球的高度一点点上升，到最后脚竟可以踢到超过自己身高二十厘米的高度，练习效果真是不容小觑（刚才我试着踢了一下，只能踢到大概到肩膀的高度了，膝盖还伸不直）。

没过多久，所有人都变得一副武功高强的样子。朋友之间聊天的话题也很诡异。

“回旋踢的时候，还是先往前踏一步比较好啊。”

“是啊。我最近的架势开始变得更具攻击性了，你们觉得怎么样？”

“那不是很好嘛。不过，你在二段踢的时候是从常用脚那边开始踢吗？我是从相反的方向。”

我们就在学校的走廊上进行着这样的对话。

现在想想，或许是李小龙解放了我们压抑许久的争斗本能吧。这些李小龙附身的家伙，一个个都想展示自己的特训成果，跃跃欲试。

“现在,我觉得一般对手我都能打赢了。”一个朋友这样对我说。

“为什么？”我问。

“我感觉自己的出腿速度变得更快了。我想这样别人应该很难靠近我。”他这样说着，在我面前嗖嗖地踢起了空气。果然，姿势很不错，脚划过空气时发出的声音也算得上锐利。当然了，我这个朋友既没空手道经验，也没学过少林寺拳法。他只不过是和我一样自行练习了一番而已。

“我现在正在挑战蝴蝶腿呢。”朋友继续说道。蝴蝶腿是李小龙的绝招之一，他会双手大张地跳起来踢腿。

“哦，能行吗？”

“嗯，大概能做到八成吧。”朋友仍旧嗖嗖地踢着空气。

几天之后，我和那个朋友一起去南区买东西。因为想买几件漂亮衣裳，我的钱包里还少有地塞了张万元钞票。我们在那些令人眼花缭乱的商店间穿梭，从难波走到道顿堀，又继续朝心斋桥方向晃悠。

那里是繁华的闹市区，但同时也是一个需要多加小心、不能总盯着别人看、不要惹人注意、做完要做的事后就赶紧离开为好的地方。

可朋友此刻却因李小龙附身而自信满满，瞪着每一个从对面走过来的年纪相仿的男人，以一副十分嚣张的样子朝前走去。他眉头紧皱，再加上发型看上去像小混混，我想在旁人看来，这副模样应该十分惹眼。

果然，在心斋桥附近，我们被叫住了。

“小子，你过来。”一个人说着抓住了朋友的肩膀。他壮得像头牛，脸也很大。我想他大概高三吧，但是因为梳着大背头，看上去很成熟。到现在我还记得他唇角边那触目惊心的刀疤。

牛一样的男人身后还站着两个看上去像是他同伙的男人。他们都穿着花哨的开襟针织衫。

不好！我心想。我知道，他们是想把我们叫到没人的地方教训一顿。挨个一两拳忍忍也就算了，问题是如何保护我钱包里那张万元钞票。同时，我还担心我那不知死活的朋友会做出无谓的抵抗。本来被他们教训一句“你小子，再走得那么嚣张小心我饶不了你”就能了结，如果顶嘴，搞不好就要被暴打一顿了。

“嗯，怎么了？”我战战兢兢地问道。

牛一般的男人瞟了我一眼，随后又抓起朋友的肩膀，以威吓的口气说道：“少废话，过来！”

朋友还是皱着眉看着牛男。看那表情，他似乎随时都会蹦出“哦，那我就跟你走”这样的台词来。我一身冷汗，心里暗叫不好。

但是，下一个瞬间，朋友的头却忽然开始上下动了起来。

“对不起，对不起！饶了我吧！”谄媚又刺耳的声音千真万确正是从朋友嘴里冒出来的。只见他小鸡啄米似的点着头，刘海也随之晃动。

我哑口无言，牛男等人也显得有些意外。

“吵死了，总之你先过来。”

“对不起，放过我吧！对不起，对不起！”

朋友不停地道歉。牛男等人也不知所措起来，他们开始小声交谈。

“看你是个孩子，今天就饶了你。以后给我小心点。”不一会儿，他用不耐烦的语气说道。

“是！是！我会注意的。真是对不起！嘿嘿嘿。啊嘿嘿嘿。”

朋友像东北特有的小红牛[1]一样不停地点着头。

我为自己没有挨揍、钱也没被夺走而感到欢喜，同时看着朋友那副模样，心里又默默数落道："你的李小龙呢？蝴蝶腿呢？"

成龙带着他的《醉拳》华丽登场，是那之后很久的事了。

①福岛县的传统玩具，外形为一头红色小牛，头部可晃动。

不是我

接下来要讲的，是某个高中生的故事。我们就叫他少年K吧。

在这里必须要事先声明，少年K绝对不是我。所以，对于他的行为，我不需要负任何责任，如果有人因此指责我，也会令我感到困扰。另外，对于K是谁这样的问题，我也没法回答，不公开姓名是我们之间的约定。并且，因几十年前恶作剧程度的小事而被质疑人品或被年老的父母训斥，也未免太过可怜。所以，我们就不要追究K的真实身份了吧。

好了，少年K是大阪府立高中的学生。他是个万年穷光蛋，钱包里很少装钱，偶尔装了一千来块钱就感觉自己能把整个地球给买下来似的，是个如假包换的穷骨头。

为什么他这么穷呢？因为父母从不给他零花钱。只有理由明确的时候，比如要买某某东西，才能拿到钱。但是，“我要买音响，给我五万块”这样的要求肯定不可能得到满足，而“给我五百块钱买色情杂志”这种话又不可能说得出口。

除学校生活所必需的最低限度的钱之外对经济严加管理，这是他的父母订下的方针。他几乎没有一点可以自由支配的钱。即便如此，他的初中时代还是靠一点点地花压岁钱或私吞买东西找的零钱熬了过来。但是上高中后，支出一下子大涨，靠那种方式已经无法满足需求了。那么，究竟是什么事情需要花那么多钱呢？那样的事情有很多。所谓高中时代，就是个必须要用钱的时代。

首先，他学会了泡咖啡店，这就必须要有咖啡钱。然后，他还学会了在那里抽烟，这必然导致他又得从钱包里花出香烟钱去。F 高中是穿便服上学的，所以只要把校徽拿下来，就不怕被老师发现。

另外，少年 K 放学回家时，必须要路过天王寺、难波这种在大阪数一数二的繁华商业街。在这种情况下，想要一放学就立刻回家恐怕也很难。

可光是在咖啡店喝杯咖啡、聊闲天、抽香烟这种程度，并不需要太大的金钱支出。让他钱包里的钞票骤减的最大原因是走出咖啡店之后的活动。他抽完香烟打起精神之后，就会和朋友们一起去游戏厅了（我想那时候应该还没有电玩城这种叫法）。

现在的电玩城里，除了电子游戏之外，还有各种类型丰富的游戏设备，但在当时种类却很有限。电子游戏机就只有网球游戏。钱放进去后，画面左右两端会出现两根大约三厘米长的竖着的棒子，这就是网球拍。游戏机上有两个圆球形的操纵杆，通过转动它们，就可以控制对应的球拍上下移动。这只是一个控制球拍将画面上出现的球打来打去的游戏，很费钱，却没什么意思。

“这种东西绝对红不起来。”~~我们~~少年 K 等人常这样谈论。

顺带一提，在这个游戏之后不久，又出了一款打方块的电子游戏，令我们（这里用“我们”这种泛指是没问题的）为之疯狂。后来，在出了一些打气球等风格类似的游戏之后，一款划时代的游戏出现了：电脑会主动攻击玩家的“太空侵略者”，那是我读大学二年级的时候。再往后的发展情况大家应该都知道。

我们回到少年 K 的话题。在电子游戏还不那么发达的时代，他玩得最投入的是乒乓球、老虎机、二十一点机（和赌场里的二十一点一样，坐在赌桌前玩。庄家是电脑程序，每个座位前有一个屏幕显示发过来的牌。说实话这玩意儿很可疑）。其中最让~~我~~他着迷的是赛马游戏。规则很简单。赛马由机器控制，以连胜复式的方式用游戏币下注，如果中了就可以按照对应的赔率赢得游戏币。赛马机分两种，一种是将赛马过程以动画形式显示在屏幕上，另一种是玩具马在玩具赛马场里跑。场面热闹的当然是后者。

有一次，少年 K 在没中之后为泄愤而拍了一下投币口，明明没有投币进去，台子上的灯却亮了，显示所有的排位和马号都已被下注。他吓了一大跳，当那场比赛结束后，大量的游戏币从返币口涌了出来。他和朋友都开心地蹦了起来。不用说，从那之后，他每次玩这个游戏都要把台子拍得啪啪响。但这种好事并未长久，不知什么时候开始，游戏厅里便有凶神恶煞的大哥来回巡视了。

终于，少年 K 对这种纯粹为娱乐的游戏感到厌倦了。他首先尝试去挑战了弹珠机，但可以说完全没赢过。理由很简单，他没有找出稳赢的机器的眼力，只是一个劲地闷头瞎打。赌本不够也是很大的原因。每当好不容易找到点感觉时，都不得不带着“唉，再坚持一小会儿就能赢啦”的悔恨铩羽而归。不过也可以换个方式思考，或许正因为这样才没遭受更大的损失。之后他又去尝试过雀球，但也很少有赢着回去的时候。对麻将的牌型并不十分了解是一个很大的弱点。

所以，每天过着如此生活，少年 K 的钱包里很少能存住钱。但他对此并不是很在意。周围的朋友全是些一年到头都在哭穷的家伙，他也就觉得没钱是理所当然。

但是，有件事却让他觉得，一旦有什么情况时没钱还真不行。那件事就是他同某个女孩的约会。

那次约会时，少年K的总资产是八百五十块。就算是高一学生，身上就带这点钱也太出格了，他却还不知死活地约女孩去游乐场。当时自己到底是怎么想的呢？到现在也没搞清楚（少年 K 说）。

付完路费和门票钱，坐上过山车时，他的口袋里只勉强剩下回程的地铁票钱了，连一瓶果汁都买不起。正当他觉得大事不妙时，女孩说出了致命的一句话：“肚子好饿，找个餐厅吃点东西吧。”

他的头嗡的一下。除了初二时和女朋友去看过一场电影之外，他再没有过约会经验，完全没有料想到在约会时肚子会饿这一理所当然的事实。

下定决心后，他朝女孩低下头，坦白了自己还剩多少钱。女孩表情一愣，说了这样一句话："那没办法啦，今天就我请你吧。"

少年K怀着十分惨痛的心情，在餐厅里吃下了最便宜的咖喱饭。从那以后，每次约会前那女孩都会问："今天带了多少钱？"

要说这种约会形式颇具大阪男女的风范，倒也说得过去，但对少年K来说，却是痛心疾首。

他觉得再这样下去可不行，于是开始思索有什么方法能让钱包鼓起来。最简单的方法其实是去打工，可那是被学校禁止的，而且他参加了体育社团，没有多余的时间。

他首先想到的是从饭钱里省。一直以来他都是让家里做好便当带去学校，但现在他坚持要在学校食堂吃，于是每周可以拿到一千五百块的伙食费。因为社团活动的关系，星期六也要在外面吃，所以平均下来一天是两百五。可他却每天只吃一碗六十块钱的乌冬面，把其余的钱都存了下来。

接着，他又想到了以谎称要买参考书而把钱私吞的方法，但又觉得如果拿不出新的参考书，父母尤其是母亲会怀疑，于是他竟跑去书店随便选本参考书装进包里，不付钱就跑了出来。这样的恶行，说得直白点就是偷窃，但当时的他却并没什么负罪感。因为他身边的人全都理所当然似的做着这样的事情。就因为觉得把奈良林老师写的《HOW TO SEX》"拿去收银台实在不好意思"，几个人便一起去偷。至于从滑雪旅行的导游手册里撕下需要的那几页带回去，他们也是习以为常。

当然，犯罪就是犯罪。~~我~~少年K如今正深刻地反省，这一点要先在这里说清楚。偷来的参考书对于提高成绩完全没起任何作用，这件事也得一起坦白。

少年K凭借不合法的手段为中饱私囊而拼命，虽下了一番苦心，钱却还是只有那么一丁点也是事实。但因此而去偷更昂贵的东西，他也确实没那个胆子。冥思苦想之后，他盯上了上学用的月票。他的月票上印着如下字样：

S站↔A站　　昭和48.10.5到期

文字是粗体字。说是印上去的，其实也只是说得好听，感觉那只不过是用橡胶印章盖在一张廉价的纸片上而已。

少年K看着那张月票想，只要把“昭和48”改成“昭和49”就可以了。具体来说，就是把“8”改成“9”而已。

他试着用橡皮擦了擦“8”的下半部分，竟发现，虽只有一点点，但这不是能擦掉嘛！三十分钟之后，那个“8”只剩下了上半部分的小圆圈。接下来他用铅笔将其改成了“9”，也是改得惟妙惟肖。不管怎么看，那都是一张印着“S站↔A站 昭和49.10.5到期”的月票。接下来只要将其放进月票夹就好。他的月票夹是淡蓝色的，伪造的痕迹就更难分辨了。

月票的最大有效期是半年，于是他从昭和四十九年四月六日开始使用这张伪造月票。当然，用来买半年份月票的钱他也从母亲那里拿了。对于他来说，这是久违的大笔收入。

但是从结果上来看，这究竟是赚是赔还真不好说。理所当然地，他在使用这张月票的时候，总是不禁提心吊胆。私吞下的钱没过多久就花光了，感觉上还是痛苦的成分多一些。

而这一招也不是一直有效。昭和四十九年之后就是昭和五十年，就算把“48”改成“49”可以，但是把“49”改成“50”却不容易。他也稍微试了一下，最终还是决定收手为好。

这个判断救了他一命。因为他乘坐的那条地铁线做了一次大幅调整，月票也随之大改变。如果他还不知死活地用那张和以前一样的月票去坐车，那么所有的罪行都将败露。

所谓大幅调整，就是自动检票机的投入使用。这东西东京最近才开始有逐渐增加的趋势，可大阪在那个时候就已经普及了。

发生这样的变故之后，少年K又和从前一样老老实实地买起了月票，但并没持续多久。他绞尽脑汁地想着能不能从中做手脚，最后竟想出了一个了不得的歪点子。

当时自动检票机使用的月票和现在的还有些不同，只是在写有乘车区间和有效使用期的纸片背面用专用胶水贴上褐色的磁条。这种胶水也有问题，长时间使用之后，磁条常常会脱落。而少年K看中的正是这一点。

他对从初中开始就是好朋友的M说：“喂，我有半价买月票的法子，你要不要试试？”

上下的 M 立刻表示出兴趣。“什么法

月票。上面的磁条似乎又快脱落了。
的磁条上读取信息。也就是说，只要

示月票要求通过时，只需要纸的部分。
能通过。那么——”他说着，将磁条
一个人从有检票员的检票口过，而另
张月票就可以供两个人使用了。”

思，哈哈大笑起来。“真不错啊。好，

来。这两个人家离得很近，用的月票

月票之后，两个人小心翼翼地将磁条
定了谁拿月票的纸张部分，谁拿磁条。

心里没底啊。”这是他的理由。

都靠这种造假月票上学。检票员恐怕
的月票上竟没有磁条。而 M 则顺利
地从自动检票口往来通行。

某个早晨，如同往常一样，M 拿出月票夹打算过检票口，却忽然“啊”的一声站住不动了。和他一起的少年K也停下脚步。

“不好，又掉啦。”M展示着手上的磁条。原来，由于光有磁条会软塌塌的，他便将其贴在了一张厚纸片上，而现在却从那张纸片上脱落了。

“已经来不及贴回去了。”少年K说。

“我知道。应该没问题吧。”M乐观地说道。

少年K照例通过了有检票员的入口。他一面走，一面惴惴不安地看着M那边。M正将磁条塞进机器。

自动检票机的门照常打开了。看到这一幕，少年K松了口气，可那安心也只是一瞬间。磁条竟然没有从机器的另一头出来。不仅如此，M正打算通过的时候，门又关上了。“啊！”M叫了起来。磁条似乎因为太软而卡在了机器里。不一会儿，门又开了，然后又关上，不停地重复着这一动作。

“怎么啦，怎么啦？这是怎么回事啊？”检票员瞪圆着眼睛从房间里冲了出来。

~~我~~少年K和M脸色苍白地呆立着……

结局在这里就不写了。大家也不要想着去了解。这叫作仁慈。

我还要再次声明，少年K[①]并不是我。

---

①“东野圭吾”用拉丁字母拼写为“Higashino Keigo”。

在比穷这点上和他不相上下的M立刻表示出兴趣。“什么法子？”

少年K拿出一直在用的月票。上面的磁条似乎又快脱落了。“自动检票机会从这个褐色的磁条上读取信息。也就是说，只要有这个磁条，就能通过。”

“嗯嗯。”

“另一方面，向检票员出示月票要求通过时，只需要纸的部分。换句话说，只要有这张纸就能通过。那么——”他说着，将磁条从月票上完全扯了下来。“一个人从有检票员的检票口过，而另一个人从自动检票口过，一张月票就可以供两个人使用了。”

M理解了少年K的意思，哈哈大笑起来。“真不错啊。好，就这样办，就这样办。”

事情就这样立刻定了下来。这两个人家离得很近，用的月票也几乎完全一样。

每人出一半的钱买下新月票之后，两个人小心翼翼地将磁条撕了下来。随后又靠猜拳决定了谁拿月票的纸张部分，谁拿磁条。赢了的M拿走了磁条。

“从检票员面前过，还是心里没底啊。”这是他的理由。

之后的一段时间，二人都靠这种造假月票上学。检票员恐怕做梦都想不到，少年K出示的月票上竟没有磁条。而M则顺利地从自动检票口往来通行。

某个早晨，如同往常一样，M拿出月票夹打算过检票口，却忽然“啊”的一声站住不动了。和他一起的少年K也停下脚步。

“不好，又掉啦。”M展示着手上的磁条。原来，由于光有磁条会软塌塌的，他便将其贴在了一张厚纸片上，而现在却从那张纸片上脱落了。

“已经来不及贴回去了。”少年K说。

“我知道。应该没问题吧。”M乐观地说道。

少年K照例通过了有检票员的入口。他一面走，一面惴惴不安地看着M那边。M正将磁条塞进机器。

自动检票机的门照常打开了。看到这一幕，少年K松了口气，可那安心也只是一瞬间。磁条竟然没有从机器的另一头出来。不仅如此，M正打算通过的时候，门又关上了。“啊！”M叫了起来。磁条似乎因为太软而卡在了机器里。不一会儿，门又开了，然后又关上，不停地重复着这一动作。

“怎么啦，怎么啦？这是怎么回事啊？”检票员瞪圆着眼睛从房间里冲了出来。

~~我~~少年K和M脸色苍白地呆立着……

结局在这里就不写了。大家也不要想着去了解。这叫作仁慈。

我还要再次声明，少年K[1]并不是我。

---

①“东野圭吾”用拉丁字母拼写为“Higashino Keigo”。

让人读书的快乐和被迫读书的痛苦

我在其他散文里已经提到过，自己还是孩子的时候非常讨厌读书。看到姐姐们读着什么世界儿童文学全集的时候，我觉得她们很蠢，认为那种东西没什么意思。那是电视机刚开始普及到家庭的时期，我或许是开始远离印刷文字的第一代人。

“书是好东西哦。读书的时候就好像自己变成了主角，兴奋激动、紧张刺激，很有意思。”母亲常这样对我说。

“我不需要。我要走自己的路。”我如是回答，端坐在黑白电视机前沉浸在《铁臂阿童木》和《铁人 28 号》的世界里。

即便如此，在母亲的意识里，似乎早已存在“读书的孩子是聪明的孩子”这样一条定义，她竟然打算让自己的孩子也去读书。她的第一次尝试让我至今难以忘怀，是《佛兰德斯的狗》。

我不知道母亲为什么选了这本书，大概是这本书有名气或者我属狗之类的原因吧。但如果从解决我不爱读书这个目的出发来看，这完全是个错误的选择。

母亲很烦，我只得不情愿地读了起来，但说实话，在我看来，《佛兰德斯的狗》一点意思都没有。内容我现在已经忘光了，只记得那是个可怜的少年带着他可怜的狗，最终毫无幸福可言地死去的故事。这样的内容，说它“兴奋激动、紧张刺激”是不是有点太勉强啦？

“什么玩意儿嘛，书果然还是让人心情沉重的东西。”我得出这样的结论之后，越来越讨厌读书。

母亲却没有放弃。她似乎觉得，靠情节取胜的书如果不合口味或许会产生负面效果，于是又想到了伟人传记。大概她认为伟人成功的故事会让我提起兴趣吧。

就这样，《伽利略传》被选了出来。它讲的是家喻户晓的伽利略·伽利雷的生平故事。正如母亲所期望的，我被这本书吸引了。

故事从一场晚宴开始。少年伽利略在父亲的带领下参加晚宴，可四周全是大人，令他觉得很无聊。他四处打量，寻找有意思的事，结果看到了天花板上摆动着的吊灯。最开始他只是心不在焉地看，却渐渐地发现了一个特征——虽然吊灯摇摆的幅度越来越小，但完成一次摇摆的时间却没有变。这就是“单摆的等时性”。当时的他竟凭借自己的脉搏做出了确认。

他觉得这是个了不起的发现，便告诉了大人们，却没有得到重视。

“别乱说。摇摆的幅度变小之后，往返一次的时间不是也会跟着变短嘛！”他们笑个不停。

于是，少年伽利略为雪耻而努力学习，成为了一名科学家，发现并且证明了许多物理定律。最后他终于开始公开支持哥白尼的日心说。但不管什么时候，总有无知的人。他背上“满口胡言、蛊惑人心”的罪名，接受了宗教审判。当时出自他之口的“不管怎样，地球仍在转动”这句名言，恐怕没有人不知道吧。

读完这本书之后，我的感想是：科学真伟大。

不可否认，当时的这种思想很大程度上影响着我以后的路。我开始抵触除了算术（数学）和理科之外的所有科目，觉得学习其他东西只不过是在白费脑筋。我脑中的公式是这样的：

科学伟大→科学之外的学问狗屁不如→语文之类的不学也无所谓→语文就是读书→所以不读书也无所谓

就这样，最终结果是我更加坚定了拒绝读书的立场。

母亲因所有努力都白费而恼羞成怒，选择了同班主任商量这种简单直接的手段。那是我读小学三年级的时候。

那名女教师向母亲推荐的，是下村湖人的《次郎物语》。

“老师好不容易给选了本书，一定要好好读。要是被问起有什么感想时你却回答还没看，那妈妈也太没面子了。”把书交到我手上时，母亲这样说。

从那天开始，《次郎物语》就端坐在我的书架当中。每当我面向书桌想干点什么时，它就会进入视线。那时我就会想“必须得看看啦”，却总也提不起精神。光看书名就觉得很枯燥，封面上画着一个看上去很穷的寸头少年。让一个热爱奥特曼的少年去读这种书实在勉强。

即便如此，我还是试着挑战了几次。翻开第一页看看还是可以的。但当双眼开始追着那些文字跑时，痛苦便会突然间袭来。这并不是因为我想读才读，只不过出于义务而已，所以并没有坚持的理由。

把书放回书架时，我的心中只剩下对书的憎恶。为什么世上会有这种东西呢？我咬牙切齿。

但更大的不幸笼罩了我。班主任为有家长就读书的事找她商量而自我感觉良好，竟把我的名字加进了班里几个同学参加了的读书感想征文比赛的名单。这样一来，我就必须在暑假期间读完指定图书，还要写读后感。那本指定的书是《大藏永常》，是一个在农业政策方面功绩颇丰的人物的传记。不用指望书里会出现惊悚、推理或者幽默的故事，这本书怎么看都是教育委员会青睐的那种。我看到这个书名就渐渐没了兴趣，把它塞进家里的书架之后，便装作没这回事了。

但暑假就快结束，也不能一直装作什么事都没有。我只得把《大藏永常》从书架里往外抽出一点，给自己施加压力。没办法，只能开始读，但无聊程度大大超乎想象。看完第一页我就已经绝望了，从第二页开始几乎是哭着看完的。

这本书我没能读到最后。读后感也只是将看过的内容概括一番，最后加一句“对不起，我没能看完”，以期得到谅解。班主任什么都没说，但只有我的作文没被送去参加比赛。母亲至此也终于想通了，决定面对儿子讨厌读书这一事实。

可出乎意料的是，事情竟然出现了一百八十度的转折。

那是在我进高中之后不久。大姐带回来一本硬皮封面的书，书名为《阿基米德借刀杀人》，是一个叫小峰元的人写的，还获得了江户川乱步奖。

当时的我连江户川乱步这个名字也全然不知。于是我问大姐，她自信满满地答道：“是一个将推理小说发扬光大的外国人，加入了日本国籍，本名叫埃德加·爱伦·坡[①]。”

“哦，是嘛。”我感慨地点了点头。真是一对没救的姐弟。

“那，这本书有意思吗？”

“有意思哦。主人公是个高中生，这本书或许你也能读得下去吧。”

“是吗？”

“里面的汉字也很少。”

我有些不大情愿地接过书，啪啪地翻了起来。铅字密密麻麻地排列着，我不禁发出“哇”的一声，脸色十分难看。

①江户川乱步为日本著名推理作家，本名平井太郎，江户川乱步这个笔名是根据推理小说鼻祖、美国作家埃德加·爱伦·坡的谐音取的，以向其致敬。

“这不全是字嘛。根本就没有图画。”

“那是当然了，又不是画册。”

接触到久违的书这玩意儿，我的头都晕了起来，但这本书我却真读得下去。至于原因，到现在我也搞不清楚。是一时兴起呢，还是着了魔呢？总之当时我的行为无法靠道理去解释。而且还不仅仅是读得下去，我竟然将它读完了。故事本身并不长，我却花了将近一周的时间，最后整个故事在脑子里都变成了一团糨糊，但总之还是读完了。对于在那之前不管多么有趣的书也只能看个一两页的我来说，这几乎可以称得上是一起意外事故了。

推理小说还真的可以啊——那时我第一次有了这种想法。

或许也算是理所当然吧，因为一直与读书无缘，在那之前我从未接触过推理小说。那时二姐早已是松本清张的书迷，但我只以为她在读什么无聊的书，完全没有兴趣。

我想知道二姐还有其他什么书，于是看了看她的书架，最终视线停在了松本清张的《高中生杀人事件》上。我果然还是更容易接受以学生为主角的书。

这次我只花三天就读完了。拿起来就放不下，一直缩在被窝里翻书这种事，我还是生平头一次。比起书中的内容，自己竟有如此举动这一点更令我兴奋。

接下来我读了《点与线》，还读了《零的焦点》，全都是一气呵成，爽快至极。一看到铅字就头痛的过往变得那样不真实。很快我开始关注起其他作家的作品，到最后终于也开始自己掏钱买起书来。

推理小说究竟哪里吸引我，那个时候的我还不太明白。对于一个读书新手来说，分析到那么透彻本就不可能，也没必要。

那段日子里的某一天，我忽然产生了一个了不起的想法。也不知是胆大妄为还是不知天高地厚，我竟生出写推理小说的念头。不过当初我沉迷于怪兽电影的时候也曾想着要当电影导演，因此对创作故事这件事本身我其实并不讨厌。

我在学校附近的文具店买了一本最厚的B5笔记本，从那天开始就写了起来。很遗憾，具体日期已经不记得了，但肯定是高中一年级的一月份。

我参加了体育社团，而且因为快考试又不得不学习一下，其实时间上并不充裕。书房是和姐姐们共用的，为了不让她们发现，我着实下了一番功夫。我就这样一天不落、一点一点地写了下去。

“那小子，最近好像学习还挺认真的呢。”我曾经偷听到姐姐们这样向母亲汇报。看到那副趴在书桌上奋笔疾书的样子，一般人都会觉得是在学习吧。这可真是太好啦，我一个人偷偷地笑了。

就这样过了半年，那部作品顺利完成了。到现在那个笔记本我还留着，最后一页上写着“七月十四日完成”。我大致数了一下，换算成每页四百字的稿纸大概有三百到三百五十页左右吧。

为了在这里介绍那部作品，我又将其重新读过，发现虽是自己写下的东西，却无论如何都没法准确地把握其内容。首先，因为字写得不好，阅读本身就很痛苦。而且错字漏字层出不穷，简直无从下手。勉强试着读下去吧，可不知所云的段落过多，登场人物的行为举止也是支离破碎，想要理解故事内容简直是不可能的任务。

在如此前提之下，如果一定要在可理解的范围内简单介绍，那么这篇作品应该称得上是校园推理。故事的舞台是某所高中，主人公是一个著名作家的儿子。他的烦恼是自己与父亲相比起来太过平庸。他希望得到别人“虎父无犬子”的评价，于是常写小说，但全是些不值一读的东西。百般苦恼之后，他抄袭了一个夜校学生的作品，不料却在大赛上获了奖，由此引发了各种事件。嗯，故事的发展大致就是这样吧。第一次写小说，结果登场人物还设定为写小说的少年。

这篇小说里使用的是远距离杀人手法，即凶手远离案发地点，伪装出上吊自杀的现场。但最后的解谜过程简直就是愚蠢的代名词。凶手先让被害人喝下安眠药，然后将其手脚绑好，脖子穿到从天花板上吊下来的绳套里，最后让他站到台子上。被害人越来越困，只要睡着就会从台子上倒下被勒死。这个手法的原理是被害人越是挣扎着不睡，死亡时凶手的不在场证明就越可信。估计是上课时犯困头撞到课桌上想出来的吧。

我本人却坚信这是部惊人巨著。然后，我又开始了第二部作品的创作。这次还是校园推理，案件以一男一女两名学生在班级野营时的野外大冒险游戏中殉情自杀开始。隐藏在案件背后的是高中生吸毒问题，还加入了伪造不在场证明、一人分饰两角、死前留言的元素，总之就像不管什么都往里塞的大杂烩。完成这部作品花了大概四年。因为我要准备高考。

写完之后就想拿给别人读，这是人之常情。我请一个朋友吃了顿饭，将小说递了过去。这位爱读书的朋友立刻答应下来。

“如果可以，希望你能写一下读后感。”我说。

“好啊。”他仍爽快地答应了。

从那之后，我却很少能见到这位朋友了。就算偶尔看到，他却总像在躲着我似的。

我从他手里拿到小说的读后感是在半年之后。连和他多说两句话的机会都没有，他只丢下一句“我还要去打工”，便逃也似的离开了。

我独自一人满心激动地看起了那篇读后感。然后呆住了。

那里写了大概一半故事的内容梗概，最后添上了三个小小的字——对不起。

好像有点不对

我想无论是谁，每次搬家的时候，都会有那么一两件从储物柜里翻出来却不知是扔了好还是留着好的东西。在我家里，滑雪用具就是这种东西。

那至少是十年前的型号了，带着它最后一次去滑雪也是在好几年前。每年冬季将近之时，我都暗下决心今年一定要将滑雪重新拾起来,可一到冬天,却只会嘀咕着“啊——好冷！这么冷的天，没理由还特意往更冷的地方跑啊”，无论如何也不愿离开被炉一步。这样的情况每年都在重复。

不过，我的确对滑雪有着特殊的感情。就算自己不滑，每当电视上转播世界锦标赛之类的比赛时，我也一定会看。即便是一般人连名字都没听过的选手，我也知道很多。

那大概是因为当我还是个初中生的时候，札幌举办了冬季奥运会。在那之前我连冬季奥运会都不知道。但自从在电视上看到札幌奥运会之后，我便对冬季运动特别是竞技滑雪抱有了强烈的憧憬。

“等我长大了也要去滑雪。我要滑得像基利[①]一样华丽。”那时候我一直幻想着身着滑雪服的自己在雪地上画出优美弧线时的模样。

滑雪的机会出乎意料地早早来临了。那是在初中三年级的三月。为庆祝勉强混过了中考，我和四个朋友决定一起去滑雪。其中一人是之前写过的迷恋披头士的H本。他叔叔与婶婶住在白马岳，那次旅行全靠他们。

因为是第一次，我们手头自然不会有任何与滑雪相关的用具，出发之前临时买的也只是诸如紧身裤之类用来滑雪的裤子和手套。因此当我们准备开始滑雪时，那模样实在不堪入目。没有一个人穿着所谓的滑雪服，都是用薄薄的登山服或者运动防风外套来充数。光穿那些会很冷，里面还得一层一层地裹上好几件毛衣。最能体现每个人个性的是帽子。有人戴着不管怎么看都像是用护腰临时改造而成的毛线帽，也有人戴着普通的棒球帽。其中最引人注目的是S木，他戴着学生帽，还把帽带拉下来扣在了下巴上。他以那副打扮走在雪地里的样子，让人联想到雪中行军。

“好像有点不对吧。”我看着映在窗户玻璃里的身影，“不管

---

①法国著名滑雪选手，活跃于20世纪60年代。

怎么看，我们都不像是来滑雪的啊。和基利完全不一样。”其他四人也“嗯”地点头认可。

在滑雪用具出租店租了破旧的滑雪板之后，我们便去听 H 本婶婶的指导课。婶婶教我们将滑雪板撑开呈 V 字形滑动的方法，即所谓的犁式直滑降。我们看到之后却抱怨起来。

“这么寒酸的滑行方式算什么呀。教点更帅的。”

“我想像笠谷[①] 那样跳滑。”

面对不知好歹的我们，婶婶终于也发起了脾气。“要这样的话就随你们便。我不管了。”然后她就说要去准备饭菜，早早地离开了。没了教练，我们一下子走投无路，但又觉得总不能傻站着不动，便开始按照各自的方法尝试起来。滑行一点点距离然后摔倒，我们不停地重复着这一动作。不过十几岁孩子的运动神经也真是厉害。没过一会儿，虽然姿势看着别扭，但我们总算可以拐弯或者刹停了。

“太好了，终于有点滑雪的样子啦！”

“就是这种感觉，就是这种感觉。”

我们又变回了无所畏惧的初中生，什么也不管，放手乱滑。当然也不可能平安无事。H 本撞到了树上，S 木冲进了一对正晒太阳的男女中间，N 尾则和一个外国人撞个正着，大叫着“I’m Sorry, I’m Sorry”，我一头撞到木屋商店的窗户上，令里面的客人都吓了一跳。

---

①笠谷幸生，日本著名跳台滑雪选手。

场面一片混乱。去滑雪场是需要坐索道的，当我们准备乘坐下山的索道回去时，所有人都偷偷地看着我们笑。我不好意思地往一旁躲了躲，心想等我成了高中生之后，一定要滑得帅气十足。

但是，到了高中，那个梦最终也没能实现。为什么呢？

因为没钱。

等终于和朋友们约好新年一起去滑雪，已经是高二寒假之前了。那时我们的前提条件是这样的：四天三夜，住宿费、交通费、用具租借费、餐费，全部加在一起一万五千日元以内。

就算是在过去，这个价格也不可能。但我们完全没这样的意识，直到真正开始计划之前，还在说着“大山比较好”、“滑雪还是去信州”这种不知天高地厚的话。

经过一番认真的探讨，我们最终决定去兵库县的冰之山。因为以可花出去的路费计算，实在去不了更远的地方。而且还不是乘火车，而是大巴。除夕夜，我们从弁天埠头出发了。听着广播里的红白歌会一路往北，到达目的地车站已是凌晨两点多。

而接下来才是问题。

要到达旅店，必须从那里换乘地铁或者公交。但这个时间，这些交通工具当然不可能还在运行，我们其实已经事先考虑到了这个状况。乘坐夜间大巴到达这里然后等到天亮，是最节省交通费的方法。

但是我们想得太过天真。我们乐观地认为车站至少会有候车室，觉得只要有屋檐和墙壁，凑合一晚也不成问题。但是我们被放下来的地方居然是加油站前面，周围一片漆黑，类似候车室的地方根本连影子都没看见。和我们一起下车的还有好几个人，但都有车接走了。

“没办法，就在这儿等吧。”带头的人这样说着，按下了便携式收音机的开关。广播里传出的是由罗伊·詹姆斯主持的介绍去年流行歌曲前一百名的节目。我们参差不齐地跟着樱田淳子的《黄色发带》合唱，在寒冷的冬夜、道路的尽头迎来了新的一年。

我们好不容易到达了旅店，却又面临一个不得不解决的问题——租借滑雪用具的钱。要是不能想办法和对方交涉便宜点租到，很有可能因为预算而遭遇好不容易到了滑雪场却不能滑雪的情况。

我记得当时租一套的费用是大概一天一千五百日元。我们试着恳求对方，只要能便宜点，不管多旧的都可以。结果旅店的老婆婆给出的回答竟然是：“三天八百块怎么样？”

我们都怀疑自己听错了。不管怎么看这都太便宜了。看着我们讶异的样子，老婆婆又笑着补充了一句：“不过，那可是没法租给一般顾客的东西，只能凑合用。”

“那也没问题。”我们回答道。那可是原本三天得花将近五千块的东西。如果八百块就能解决，我们觉得就算多少有点瑕疵也可以忍受。

但是，看到老婆婆从仓库里取出来的东西后，我们的眼睛全都瞪圆了。我打心眼儿里佩服她，那样的东西居然能留到现在还没扔掉。

滑雪杖是竹制的，有些地方已经变成深褐色，让人感受到其历史的悠久。滑雪板的两边都生锈了，表面喷漆也几乎全部脱落，靴子自然还是系带式的。

“不喜欢的话也没关系哦。只要给钱，想租多新的都有。”看到我们的反应之后，老婆婆没好气地说。

“哪里哪里，这就很好啦。我们很乐意租这个。”我们慌忙将手伸向那些竹制的滑雪杖和边缘已经钝了的滑雪板。

这些租来的滑雪用具，到最后一天归还时还保持完好无损状态的大约只有一半。几乎所有竹制滑雪杖都已折断，还有两个滑雪板都断了。我们并没告诉老婆婆，偷偷将东西送回了仓库。后来一直也没接到什么投诉，估计老婆婆也觉得这些东西“早就该坏了”吧。

当时冰之山有好几条吊椅索道，同行的朋友中却不断有人从其中一条索道上翻落下来，而且掉落的地点都一样。我怎么也找不到会从那里掉下来的理由，觉得很不可思议。一个曾掉下来的朋友跑到我身边小声说了这样一句话：“坐索道往上走的途中有间小屋，对吧？你去看看那间小屋右边的窗户。”

“什么啊，那里有什么东西吗？”

“那要你自己去看才有意思嘛。”朋友鬼鬼祟祟地笑了。

我按他所说，在接下来坐索道时注意到了那间小屋。他所说的右边窗户的前方有树挡着，并不容易看到。于是，我在最接近那里的地方往前探出了身子。

“哇！”我不自觉地叫出声来，因为那里就像是专门为了给坐索道的人看似的，赫然贴着一张色情海报。我打算再看得更清楚些，于是将身子又往前探了探，结果就从椅子上翻了下来。

几乎完全相同的一群人在那年春天还去过一次箱馆山，还是以超低的预算制订了行程计划，就连要不要买导游手册也争论了半天。

“没有导游手册还是不方便吧。”

“但是需要用到的地方不就那么几页而已吗？谁会为了那么点东西花那么多钱啊。”

“钱大家一起出不就行了。”

“那也不值。”

几番争论后的结果是，我们决定去书店将必须用到的几页撕下来偷走。

箱馆山是紧挨着琵琶湖的一座小山。山上的滑雪场并不宽阔，而且如果不从山脚下坐缆车就没法到达滑雪场。当我们正因缆车票太贵而愁眉苦脸的时候，一个朋友从路人那里打听来一条小道消息——从滑雪场坐吊椅索道到山顶之后，顺着滑雪场的背面往下走就能发现一条林间小路。

但是，在滑雪场时，一条广播通知引起了我们的注意。“顺着林间小路下山的顾客请注意。由于小路不属于本滑雪场的管辖范围，万一途中发生任何事故，恕本滑雪场概不负责。请顾客们予以理解。”

我们对此嗤之以鼻。“肯定是想靠缆车赚钱才说出这种话。哪有那么容易就发生事故。”

每个人都附和着“是啊是啊”，最终顺着林间小路下了山。省下了缆车钱，大家的心情都不错。于是从第二天起，我们只将上山的缆车钱、吊椅索道钱和午饭钱揣进口袋便离开旅店。

但是到了最后一天，发生了令人咋舌的意外。

从下午开始忽然下起大雪，滑雪场的吊椅索道全部停运，其他人都陆续乘坐缆车下山了。我们也打算回去。

但问题是用什么方法。

因为已经吃过午饭，所有人身上带的钱凑到一起都买不起一张缆车票。剩下的路只有一条——不管雪下得多大、风吹得多狂，我们只能顺着林间小路回去。

而为了走小路，必须先爬到山顶，但索道已经停了，我们得徒步爬上去。

“去买巧克力吧。”带头的人说道。一名女登山家被困在山上的时候，靠着啃一块随身携带的巧克力活了下来，这件事刚在不久之前成为热议话题。我们的脸因寒冷和恐惧抽搐着，但还是笑了起来。

冒着连前方一米左右都无法看清的大雪，我们排着队出发了。

我们时不时地互相喊对方的名字，确认是否所有人都在。那条“顺着林间小路下山的顾客请注意”的广播顺着大风远远飘来，后半部分的“万一途中发生任何事故”，此时显得如此具有说服力。

我像螃蟹一样横着前行，心里却像念经般地呻吟着：不应该是这样的……我曾经向往的滑雪不应该是这样的……好像有点不对啊……

门还是太窄

今年春天，外甥女高中毕业进了大学，即她高考成功了。这实在是可喜可贺。我也在心里为她叫好。但另一方面，却总觉得有些美中不足，可能是因为她的高考是以一种完全不像高考的方式终结的吧。

也就是所谓的保送入学。她就读于某女子大学的附属高中，只要成绩还算令人满意、出席率还算令人满意、再加上那么点还算令人满意的印象，就不需要像普通考生那样两眼通红地学习，可以直接升入那所女子大学。外甥女说最初就是看上了这一点才选择了那所高中的，那么只能说她作战成功了。当然，如何做到确保能够被保送入学这一点，成为她高中生活的重中之重。初中时甚至被称为逃学女王的她，直到高三第一学期结束为止，除特殊情况外竟从未缺过课。另外，因为外甥女身高超过一米七五，曾在高中入学时受到篮球部和排球部的热情邀请，她一面嗤笑那些是白费力气而全部拒绝，另一方面又出于若没有课外社团经验或许会对保送不利这样的老谋深算，选择了加入手工工艺社团，但三年来她做出的东西全是粗制滥造的鸭子布偶和头歪掉的泰迪小熊之类。而自荐参选学生会会长并当选，可以说是她整个作战计划的极致。平时连自己房间都不能好好打扫的她居然能做出这番壮举，全因背后隐藏着为提高评价表上的分数这种表里不一的目的。

正因为我深知她是凭借着如此算计才得到了保送入学的门票，所以总无法打心眼儿里说出“哎呀，太好啦”这样的话。她却完全不顾我的这种心情，竟说出“高中毕业和大学入学从本质上讲是两码事，你要给我分开来庆——祝”这种任性的话。因此，现在我的心情就像是遭遇了诈骗一般。

其实，我的亲戚里还有一人正面临高考，那就是当我在写这篇文章时还在读高二的外甥。他没有保送这种捷径可走，只得认真复习备考，早早地开始上补习班，到家还请家教来指导。其实最心急的是他母亲。他本人倒是过得十分悠闲，跑去听 X-JAPAN 乐队的演唱会闹腾到凌晨三点，还买了把贝斯，搞着根本不像样子的乐队排练。偶尔通电话时问他学习情况，得到的也是“马马虎虎吧，但是总感觉还不够紧张，挺烦的”这样的回答，都不知道他究竟是在说谁。

为激发儿子的斗志，他母亲决定吊根胡萝卜放在他鼻子前。

那根胡萝卜就是汽车。按照大学的档次，他可以得到的奖赏分别是丰田卡罗拉、日产FAIRLADY、保时捷、奔驰。据说如果考上了早稻田或庆应这样的大学，奖品竟然是一架小型私人飞机。但他本人却冷静地分析了自身实力，淡漠地阐述了“唉，估计连卡罗拉都没希望，还是先复读一年比较妥当”这种令父母失望的想法。

不过，他本人应该也不是什么想法都没有。或许他有着比我们那时候更为严肃认真的各种烦恼。总之，现在的考试战争和昭和时代的比起来根本不是一个概念。之所以会变成这样，是因为每个人都太会学习。由于出生率低，可以用在每个孩子身上的教育经费随之高涨，如今去上补习班已经成为共识。总有家长抱怨，自己的孩子不管上多少补习班，成绩却总不见上升。那只不过是因为所有人的学习能力都在提高而已。自己孩子的成绩没有下降已算很好，他们应该高兴才对。考试题目也理所当然地变得晦涩难解，因为普通的问题大家都能得满分，看不出差别。补习班或者培训班则施行相应的对策，设法让考生具备更高程度的知识。这种情况一直在循环往复，简直让人觉得学校的课程反倒不需要了。当我这样对一个儿子正上高中的朋友说时，他却脸色一变，说道：“不，学校必须有。”

他的理由是这样的：“考生也要有放松的时候吧。但是究竟该什么时候放松却很难把握。想着自己在休息的时候竞争对手们却在学习，那也休息不好啊。可如果是在学校，不管是自己还是竞争对手都一样，大家只不过是在低水准的课堂上打发时间而已。如此一来，这反而成为了不错的休息。”

听到这番话后，我抚胸长叹：哎呀哎呀，我没在这样的时代成为一名考生实在是太好啦。

谈到考大学，我其实并没有什么美好的回忆。一般从高三开始就算是一名考生了，可我没想到自己在高三的第一学期就出师不利。

当时的高中数学（现在怎样不知道）分为Ⅰ、ⅡB、Ⅲ三级。Ⅰ在是第一学年、ⅡB是在第二学年、Ⅲ则是在第三学年时开始学习，这是当时我所在学校的教学方针。我想考工科，为了考试必须学到数学Ⅲ。

但数学Ⅲ的课程却在高三第一学期刚过半的时候被取消了，而且是彻底从课程表上消失。原因十分简单。在第一次摸底考试中老师们吃惊地发现，所有学生别说数学ⅡB，就连数学Ⅰ的程度都没有完全搞懂。学校当即决定将原本安排给数学Ⅲ的课程全部用来复习数学Ⅰ和数学ⅡB。这一决定令我十分震惊，但志愿考理工科的学生只占全体学生的一成左右，为顾全大局而牺牲局部，对于学校的这种认识我也不是完全不能理解。

我们这帮被抛弃的少数派，只能参加每两周一次、在星期六放学后开课的辅导班。可是我强烈地感觉到，这种敷衍的课程对考试没有任何帮助。有一个学生就此询问老师，而老师像是被戳到了痛处，脸色变得很难看，嘿嘿干笑着给出了如下回答：

“唉，剩下的就靠你们自己努力了。但是，可不许有什么先复读一年看看之类的想法。”

听到这番话，我不禁怔住了。我的脑海里产生了幻觉，好像在空无一物的荒野之上只剩下我独自一人，空洞的风呼呼吹过。

我开始认真地复习迎考就是在那段时间。我开始焦躁起来，因为我知道再这样下去可没什么好下场。

“我也没有因为考试而特意学习啊。原本感觉没希望，结果去参加考试却幸运地考上啦。”不管是成年人还是大学生，总有些家伙会说出这种令人厌恶的话，结果还就是这样的人偏偏考上了一流大学。如果这话是真的，那么那些家伙要么是不得了的天才，要么就是每天都在勤恳学习。不用说，这两种人我都不是，所以想应考的话，必须要做相应的准备。

但是，从来没有认真学习过的人的悲哀之处就在于，即便想复习迎考也根本不知道该从何做起。不管怎样先在桌子前坐到半夜吧，可在听完自己都感觉没多大用处的广播讲座之后，已是半梦半醒的状态，到头来也只是愣愣地盯着大学宣传册或者其他什么东西。身边堆着受形势所迫、一时冲动买下的复习备考用参考书和试题集，已经高得好似比萨斜塔。虽然买了，但是灵活运用它们的方法我却一无所知。更有些时候，竟会突然很想去看以前的漫画，一看就看到半夜。想来想去，我每天的熬夜都好像只是为了吃泡面，就这样日复一日。

一眨眼的工夫第一学期已经结束，大部分人都决定去参加预备校开设的暑期课程。而我却连暑期课程是什么都不知道，浑浑噩噩地过完了每一天。当时的我认定预备校那种地方只有复读生才会去。第二学期一开始，当我发现自己已经输在了起跑线上时，脸不由得抽搐起来。

从那之后我开始了加班加点的备考生活，但无论如何都已太迟。最后终于要迎来考试的季节了，我的学习水平却只像一件干巴巴的黏土手工艺品一样靠不住。

如今的考试体系每年都在改变，除了考试相关人员之外谁也摸不清楚，而在我们那时候却简单易懂。一月和二月主要是私立大学的考试，三月会举行国公立大学一期学校和二期学校的入学考试。开始执行统一考试的制度是在我高考结束两年后。

我抱着找考试状态这样的目的，先参加了私立 K 大学工学部的考试。我觉得肯定不可能落榜。其实这样想也并没有什么特别的根据，只不过是因为某个著名笑星是从这里毕业的，所以就没把它放在眼里。不仅如此，我还放出了“就算合格也不会去那种差劲大学”的豪言壮语。

正因如此，考试一结束，我的脸就僵住了，因为不管哪个科目都特别难。这下完蛋了，我的腋下不停地往外冒冷汗。

“哎呀，各路神仙，看不起 K 大学都是我不好。要是能合格，我一定高高兴兴地去，请不要让我不合格。拜托了！”平时连“信仰”的“信”字怎么写都不知道的我，唯有这时候才在神龛前双手合十。

揭榜那天，我兴致勃勃地和朋友一起去看，怀着激动的心情站到写有“电气工学科合格者一览”字样的板子面前。

朋友的号码有了。我的却没有。

“浑蛋！”神仙还是靠不住啊，我将手上的准考证撕得粉碎，像赛马场里没买中的大叔那样漫天撒开来。合格的人需要拿那张准考证去换证书。

那时，一起去的朋友说了一句话：“你参加的考试不是电气，是机械工学科吧？”

“嗯？”被他这样一说我想起来了，确实是机械。我慌忙跑去看机械工学科的合格名单，结果我的准考证号赫然在列。“太好啦！”我高举起双手。但是，那时候我手上已经没了准考证，因此也没能拿到通知书，只得空手而归。最后还被大家嘲笑：“自己考的是哪个专业都能忘记，听都没听说过。”

不过我总觉得，我的考生时代就是那段时间气势最盛。K 大之后，我还考上了连班主任都说应该没戏的 D 大学。我家热闹得简直和过节一样，可喜悦的心情在我们看到入学手续之后便烟消云散了。

学费贵得吓人。入学费和授课费在当初备考时就知道，但除此之外，上面还林林总总地写了设备维护费、研究设施使用费等各种费用，其中产生致命效果的是标明“一股一万元，最低十股”的赞助费。

“嗯——”得知第一年要交的费用总额超过七十万日元，父母和我都不禁沉吟起来。D大学在京都，如果再算上住宿费，每年一百万日元以上的花费是跑不了的。这样的花费至少要持续四年，那就是四百万。

“喂，”抱着胳膊的父亲对我说道，“F大学的考试，你给我下点狠劲。”

“我知道。”我点头。

F大学是我准备报考的一所一期学校，它的宣传口号是“全日本学费最低”。

考试在三月四日和五日举行。最终我没去D大学办入学手续，这真正是背水一战。靠不住的班主任曾给出似乎也不大靠得住的意见：“既然D大能合格，F大应该也没问题吧。”如今那成了我心里唯一的支撑。

考试当天中午发生了一件不祥的事情。我正准备和朋友们在操场的一角吃便当，装菜的小盒子却从膝盖咕噜一下掉到了地上。盒盖没有盖，而且还忠实地遵循了墨菲定理，菜朝下扣在了地上。所有人都发出了“啊”的一声，接着是一阵尴尬的沉默。我收拾着沾满了沙子的玉子烧，同时清楚地意识到自己的运气开始走下坡路了。

刚好那个时候，我的母亲正和大姑大婶一帮亲戚去神社拜神，就是先供上点燃的蜡烛然后许愿那种。她自然是打算祈求儿子考试成功，她摆好了蜡烛，正准备合掌的瞬间，蜡烛啪嗒一下倒了。

她赶忙扶起来，同时确认旁边的人有没有看到。似乎谁也没注意，于是她装作什么也没发生的样子许完愿便回家了。但后来听说，其实当时周围的亲戚们全注意到了，只不过装作不知道而已。

对不科学的东西毫无兴趣的我后来想了想，这一连串事情或许真的暗示了我的未来。当月十八日公布的合格名单里并没有我的号码。后来我又抱着必死的决心去挑战二期学校，但还是被干净利落地淘汰了。

这样一来便注定了我将要成为一名复读生，但其实我并不悲观。靠那种程度的备考就能考上理想的学校才奇怪，而为了上大学就花掉几百万同样让人觉得不妥。而且我的好朋友 E 也和我一样在 F 大的考试中落榜，与我约好一起享受复读生活。

“虽然我们是复读生，但必须得去预备校，而且要去一流的。”

E 的提议我很赞成。于是，我们决定选择在大阪首屈一指的预备校。令人震惊的是，原来只要成为了“一流”，就连预备校都会有入学考试。而且很令我意外的是，我又落榜了。似乎我已经在不经意间养成了爱落榜的坏习惯。

“还有二次招生。你就赌一赌吧。”已经合格了的 E 如此鼓励我。大学考试也就算了，连预备校的考试都要被人这样讲，真是很没面子。

但是这个鼓励却有了价值，我竟然在二次招生中合格了。这样一来，我终于可以开开心心地成为一名预备校的学生了。

当天晚上，我觉得应该给 E 打个电话报告喜讯。可 E 并不是很替我高兴。我正觉得有些不对劲时，他犹犹豫豫地开口了：“我实话实说吧，刚才F大学打电话来，说没招够人，就把我录取了。对不起。”

“哎……”

所谓哑口无言，应该就是指那样的情形吧，至今我还深深地这样认为。

憧憬中的庆应学子

高考失败之后，我开始念起一家教学水平在大阪数一数二的预备校。它属于某团体旗下，这个团体因在美国被禁的村民组合的歌而闻名。如果我说那首歌被填上日语歌词、由西城秀树翻唱后在日本大获成功，大部分人应该都能明白了吧。①

说实话，我真的不想去读预备校。因为在我的印象中，聚集在那种地方的全是高考的失败者，相互间散发着的全是阴沉负面的气息。置身于那样的环境之中，光想想就已经起鸡皮疙瘩了。但是考虑到自己的性格，无论如何也做不到一个人坚持学下去，更重要的是父母也不同意。

①美国村民组合的代表作《Y. M. C. A》是欧美 20 世纪 70 年代最流行的舞曲之一，西城秀树翻唱。同时，YMCA 是基督教青年会的缩写，该会在日本设有 YMCA 同盟，是一个公益团体。由此可推断，作者当时就读于大阪青年会预备校。

所以我还是去上了预备校，而那里的氛围并不如想象中阴暗。大家都是复读生，自然没有人整天乐呵呵地泰然处之，但也很少有人挂着暗沉阴郁的脸。大部分学生都带着一种“反正已经这样了也没办法”的想法，抖擞着精神听课。渐渐我也觉得，失败者就和失败者们一起，互相鼓励度过接下来的一年也挺好。

但我的这种想法里包含着一个极大的误会：虽然笼统来说都是失败者，但就像拳击比赛，有败在冠军挑战赛上的，也有参加四回合制比赛[①]前的热身赛时就败了的。

慢慢地和周围的人熟悉起来之后，当互相谈论起母校和想考的大学时，我终于明白了这一点。

比如说坐在我斜前方的那个男生吧。他毕业于 La Salle 高中[②]，志愿是东京大学医学部。那一年他原本就抱着可能复读的思想准备而仅仅参加了东大的招生考试。还有个家伙来自大阪教育大学附属高中天王寺校区，那里以名头大和才子云集而著称。这小子当时的目标是录取率超过五十比一的东京医科齿科大学。他为了读那所学校，连已考上的庆应大学经济学部都没去。我心想这家伙是不是傻了，当然他不但不傻，而且十分聪明。

“你是哪个高中的？”他们自然也会问我。这种时候，我会先说一句“我想你们肯定不知道”，然后用蚊子般的声音说出母

---

①日本职业拳击中，业余拳手通过考试认证之后可以拿到 C 级执照，之后便可参加四回合制职业赛。

②位于鹿儿岛的高中，入学难度和医科类大学升学率位于日本顶级水平。

校的名字。他们的反应基本上都差不多，“嗯”一声之后，脸上浮现出模棱两可的笑容，转而便谈起其他话题了。

关于志愿大学，我和他们之间也有着天壤之别。应试辅导让我深刻地认识到了这一点。

应试辅导的时候，预备校的应试辅导员会使用投影仪和复印资料向我们具体说明主要国公立大学的考试对策。我们班是理科，以医学部和工学部为主。首先从医学部开始，依次按照东京大学、京都大学、大阪大学等再到神户大学、大阪市立大学这样的顺序进行。这与志愿考工学部的我没关系，稍微有些无聊。扫了一眼四周，只见那些平时和我一样说着傻话的家伙正在投影仪昏暗的灯光下表情认真地记笔记。

医学部结束后，终于要到工学部了。我挺了挺身子。

还是从东大开始。说实话，那和我一点关系也没有。接着是京大，然后是阪大，都远在天边。我不停地把自动铅笔芯按出来，又推回去。

我想报考的还和应届时一样，是大阪F大工学部，没打算高攀。如果可能，其实还想再降低一点要求，但国公立大学里再也找不到比这更低的了，实在没办法。

大学校名被一个个地念了出来，然后给出了相应的动向和对策。好，差不多要到F大了，我开始准备做笔记。

就在这时，室内的灯忽然亮了，投影仪的电源也被切断。

“好，大家的志愿大学应该差不多都介绍到了。私立和其他大学我们会进行单独辅导。”应试辅导员嗓音沙哑地说道。随后他整理好资料，匆匆忙忙地走出了房间。我只能面对着一张白纸发呆。

既然志愿大学的水平相差如此悬殊，在学习能力上我和他们自然也有着巨大的差距。预备校内举行的模拟考试如实地反映了这一情况。比如第一次模拟考试时我的英语成绩是二十分，而预备校学生的平均分大约是六十分，差距有四十分。当时还公布了各个班级的平均分，我们班比别的班大约低五个百分点，排在末尾。一个班大约八十人，比别的班级低出来的刚好就是我一个人的分数。我朋友不知道真实情况，还边点头边说：“嗯，果然理科班的语言能力还是差一点啊。”我听后默不作声地走开了。

或许也是因为我上的初中高中水平都比较低，以前从没有出现过学习跟不上的情况。进入这所预备校之后，我第一次认识到自己的学习能力其实位于金字塔的底部。真是可气啊，这世上净是些优秀的人。

但我原本就不打算考东大或京大，所以并不悲观。我自暴自弃地告诉自己，反正我的志愿只是在这里连辅导都接受不了的F大。这样想开了之后，预备校的生活也变得不那么痛苦了。

冷静下来之后再审视周边情况，才发现被这高水准的应试方针所过滤下来的其实还挺多。有不少不安分的家伙对自己当下的境况毫不在乎，一发现稍可爱的女孩就去追。尤其坐在我身边的还是个大美女，常常受到那些人的邀约。我当然也不是没那个意思，但不止一次地听到她冷漠而严肃地对那些人说：“我要考国立大学医学部，没那个闲工夫。”所以实在无法付诸行动。

这段时间里和我关系要好的是一个姓 H 谷的男生。他也毕业于一所没什么名气的高中，高中时代将一切都献给了手球，虽说或许没什么直接关系，但学习也不好。刚才我说过班里大约八十人，其实准确地说是八十二人，八十名往后的名次一直都只有我和 H 谷两个人竞争。理所当然地，他的第一志愿也是大阪 F 大。

我们常常逃课，去游戏厅或者去打雀球机。虽然是预备校，却对出席率要求很严格，一旦无故旷课肯定会被叫去办公室或者联系家长。但不知为什么，只有我们俩不管怎么旷课逃课都没事，大概从一开始我们俩就没被当回事吧。

“你们俩那样真好啊，感觉就像是在讴歌复读生活。”以东京医科齿科大学为目标的男生羡慕地说道。

其实我们也没打算讴歌，只不过因为预备校的课程太难，只好如此打发时间而已。不过我还是装模作样地回答道：“嗯，我的原则就是要走自己的路。”

每天做着这样的事，当然不可能比那些认真复读的人得到什么更好的结果，我和 H 谷被大家越来越远地抛在身后。之所以看上去似乎没什么变化，只不过是因为我们俩在班上的名次已经不可能再下降了而已。

当初开始复读的时候，觉得一年时间是那么长，可一眨眼工夫就已过完了三分之二，等回过神来已是秋末了。此时我和 H 谷才突然间着起急来，哭丧着脸开始拼命学习。其实也没什么大不了，一切只是和当初高三时一样而已。

到了这个时候，学生们的志愿都定得差不多了。模拟考试的时候把它交上去，考试成绩出来时电脑就会同时分析出合格概率。分析结果分为以下五个等级：

OK　肯定合格，继续保持。

OK？　合格的可能性很大，但是万不可大意。

OK？？　合格的可能性有一半，想考上需要更加努力。

？　合格的可能性很低，最好放弃。

×　不可能。

年末的时候，我的大阪F大的合格概率是“？”，意味着情况十分严峻。我将这件事告诉H谷，他不满地噘起了嘴。

“‘？’不是很好嘛。我可是‘×’啊。”

“哦？是嘛。那还真够呛啊。”说话的同时，我意识到自己带着笑意。

“这个样子是没法参加家长见面会的。”

“家长见面会……”我沉吟起来。

考试的日期越来越近，预备校开始叫来家长就学生志愿问题进行三方会谈。那时候校方会就学生是保持现在的志愿就好还是换个学校给出定论。如果是“？”或“×”，肯定会被要求降低档次。作为预备校来说，从经营的角度考虑，肯定也不希望整体的入学率下降。

但是像我们这样的情况，因为在当地再也找不到比大阪F大更次的国公立大学了，如果被要求降低档次就很难办。估计辅导老师也很伤脑筋吧。几经考虑之后，我和H谷都决定不参加家长见面会。

新的一年到来，向报考大学提交报名材料的季节也跟着来了。这时候，我接到了来自同伴们的邀请——他们问我要不要组团参加早稻田和庆应的考试。

早庆的考试就快开始，如果去参加两所大学的考试并且选考好几个专业，时间长的话，考生可能需要在东京住大约一星期。于是这帮人打算组团一起前往东京。

“你傻啊。我就算去参加早稻田啊庆应之类的考试，肯定也考不上啊。”

“那种事不试试怎么知道。你去挑战一下嘛，而且大家一起去东京转转也很有意思啊。”见我那样回答，毕业于La Salle高中的男生不负责任地说道。

不过这事看上去确实挺有意思。我试着回家跟父母说了。二人非常赞同，理由是“早稻田、庆应的话，就算光是去参加考试，听上去也很有面子”。真是一对随便的父母。

于是我决定和他们一起去。但那可是闻名天下的早庆，为了掌握敌人的实力，在预备校最后一次模拟考试时，我在志愿那一栏填了庆应大学工学部。光是这样写，我都觉得自己一下子变得伟大起来。传统名校的实力真是不得了。

几天后，模拟考试结果出来了。我看了一眼志愿合格概率那栏，是这样的："庆应 工…… ×"，旁边的空白处还有一行用圆珠笔写下的字："立刻到办公室来"。我当然没去。

接下来就是投入考试。我首先尝试的，是位于西宫、因美式橄榄球而闻名的K学院大学。

其实大姐以前也考过这所大学。她一口咬定不上大学，从高三寒假开始就出去打零工。因为被担心她将来的父母念叨个没完，于是嚣张地说"K学院大学的话倒是可以去上"，便参加了考试。不用说，没考上，那是理所当然的。如果那样都能合格，这世上的考生都得落泪。

我去参加K学院大学考试的那天早晨，母亲说："加油啊。要是姐弟俩都落榜就太没面子啦。这是雪耻之战。"我没好气地丢下一句："别把我和她放一起。"

两个星期后寄到家里来的，并不是那种一看便知里面装着录取通知书的又大又厚的信封，而是简单将纸折了两折塞进去、糊上胶水的敷衍之作。母亲还没打开就直接走到了垃圾桶旁，打开后立刻便撕碎丢掉了，随后只说了一句："没考上。"

我看着母亲那一连串的动作，应了一声："哦。"

后来得知这一结果的大姐说："都复读了还和我一样。"我真想揍她。

考试继续进行，我却总也拿不到录取通知书，最终就这样踏上了早庆的考试之旅。我和朋友乘坐新干线前往东京。庆应大学工学部的考试事先已经报了名。

“要是能进庆应，那就帅啦。”H谷和我一样在众人的怂恿下参加了这次行动，他在新干线上这样说。

“是啊是啊。到时候就是驰名天下的庆应学子啦。”

“那就要在东京生活了吧。真期待啊。大阪方言也得改改了。”

“嗯。大阪方言不招女孩子喜欢。”

“以后不管说什么都得是东京话。”

“那是当然。人都来东京了，你还想怎么样。”

我明明已经被预备校盖上了绝对不合格的戳，却只因来参加考试便超乎寻常地激动起来。

等待考试的那几天，我都住在位于横滨的一个兄弟的父母家。我在那里受到了隆重的款待。阿姨给我做了丰盛的饭菜，叔叔则一个劲地夸我“了不起”。他们都善意地认为，我既然远从大阪来参加考试，那么一定是有相应实力的。我怎么也无法向他们坦承自己只是一时兴起而已。

考试当天，阿姨给我做了超级豪华的便当。递给我的时候，她说：“别紧张，只要发挥出平时的实力就一定没问题。”我一面想着今天要是不发挥出如有神助般的超常水平肯定没希望，一面不置可否地笑着接过便当。

考场设在庆应大学日吉校区。我到时考场里已经挤满了学生。比起之前参加的其他大学的考试，当时的兴奋和紧张完全不同。

考试科目有三门——理科、数学和英语。理科规定是化学和物理。

首先进行的是理科考试，数学考试也随即结束。这时，我最大的感想是完蛋了。并不是因为理科和数学没考好，正好相反，我有信心几乎全都答得很好。但这对其他考生来说肯定也一样。也就是说，试题太简单了。

如果说这次竟然能考上，那只有一种情况，就是数学和理科出奇地难，大家都不会做，只有我不知为何奇迹般地解了出来。因为我肯定会在英语上被拉开很大差距，这部分的损失必须提前找好补偿，就好像北欧两项的荻原[①]一样。但由于理科和数学过于简单，如意算盘完全落空了。我大失所望，然后吃完了好兄弟的妈妈给做的便当。

英语考试开始之前，我和H谷等人在校园内四处转悠，被人从身后叫住了。是一个瘦高的年轻人。他问我们要不要托人电话通知录取结果。似乎他听到了我们的对话，发现我们是从关西来的。我们一问才知道他也是大阪人，都很意外，因为他现在的口音完全没有大阪味。我们跟他提到这一点，他稍稍露出满足的神情道："哦，是嘛。"随后又带着更加得意的语调说，"唉，因为在这边生活久啦。"

①荻原健司曾创造北欧两项滑雪世界锦标赛中首个三连冠纪录。其战术为首先在跳台滑雪项目发挥自身强大实力，获取巨大优势，而在接下来的越野滑雪项目中则尽量以保持优势为目标。

我和H谷对视了一下。我想象着面前这小子如此讲着东京话的样子，总觉得有些不舒服。恐怕H谷也正想着同样的事情吧。

“那电话通知……”原大阪人、如今的庆应小子说道。

“我不需要什么电话通知，反正也考不上。”我说。

“这种事不是还不知道嘛。还有英语呢。”

“就是因为对英语没自信才这样讲。”

“现在就放弃还太早哦。庆应考的英语其实也没那么难。”

“是吗？”

“是啊。所以你们最好还是事先考虑一下万一考上了怎么办。”

“嗯……”

虽然觉得他这话有些勉强，我们还是托他到时打电话给我们通知录取结果。这项服务收费五百。

那个人走后我稍微想了一下，觉得他说得对，确实现在放弃还太早。说不定我还真可以流畅地答出所有的英语题呢。好，加油！我给自己打气。

英语考试开始了。给我发卷子的竟是一个稍有些性感的女人，短裙包裹着圆润的臀部，看上去充满诱惑。明明正在考试，我却满脑子带着不合时宜的幻想，看了一眼试题。

顿时，我的脑袋嗡地响了。

连题目都是英语。

我再次觉得完了，这不是我该考的大学。

英语考试的时候，我闲得很。实在没办法，我只得靠打量那女老师走动时微微颤动的臀部来打发时间，最后竟还傻乎乎地兴奋起来了。

回到大阪大概两周后，有人打来电话。那一天是几号我已完全不记得。打来电话的，是一个不认识的男人。他确认了我的姓名，只说了一句话，随后便嘿嘿笑着挂断了。

他说："樱花落[①]。"

---

①日语里以"樱花落"指代考试落榜。

那时候我们都是大师

据说很多小说家都喜欢电影。其实并不只是喜欢，或许其中不少人都期望有朝一日自己也能尝试一下当导演的感觉吧。

如此评论他人的我，其实就是其中一员。甚至从某种程度上来说，正是因为我做不了电影，所以才拿小说来代替。

我觉得，对于想做电影的那一类人来说，不管一部电影多么有趣，或许他们也无法纯粹地去享受，总会不自觉地以制作方的眼光去审视，最终发出近乎刁难的批判。

“不行，明明题材很好，但这个场景应该拍得更加流畅。”

“这是什么狗屁动作啊。这里竟然没有更为大胆地选择起用替身，真叫人看不惯。”

他们会这样去评价。最后添上这么一句话：“如果我是导演，肯定拍得更好。”

读到这里，肯定有很多人觉得这是在说自己。

我就试着用这样的状态来批判一下最近看过的两部大片吧，即众所周知的《侏罗纪公园》和《绝岭雄风》。首先声明，这两部电影都非常有意思，我看得手心都冒汗了。正因为它们如此有意思，才有批判的意义。

《侏罗纪公园》，不管怎么看，故事情节其实都很无聊，我想这是它将孩子的角色作为影片重点的结果。同类型的电影里，从未有其他任何一部让我像这次一样觉得孩子的角色如此碍事。这确实是一部特效很棒、看过绝不会后悔的电影，但总让人觉得这只不过是将斯皮尔伯格的《大白鲨》和迈克尔·克莱顿的《西部世界》糅合在一起重新制作了而已。

《绝岭雄风》也同样缺乏新鲜感。导演是拍了《虎胆龙威 2》的雷尼·哈林。在一个封闭的空间里，一个平凡男人独自挑战罪恶团伙，从这个故事构成的角度来看，这部电影即便被扣上《虎胆龙威 3》的名字也不奇怪，只不过是《虎胆龙威》的高层建筑和《虎胆龙威 2》的机场在这里变成了大山、布鲁斯·威利斯换成了史泰龙而已。而作为电影最大卖点的动作部分确实厉害，但将“无特效拍摄”这种话作为宣传口号却有些不敢恭维。如果真的对画面抱有信心，觉得“这样的魄力靠特效做不出来”，那不是本就没有刻意强调的必要了吗？只需要让人们去遐想“这到底是怎么拍出来的呢”就好。说到底，拍摄方法之类的东西跟观众也没什么关系。

嗯，所谓的批判大致就是这种感觉，毫无责任地去批评他人很痛快。但万一被人说“那你来拍试试”，批评者也只有含糊其词地蒙混了。

说实话，我并不是没拍过电影。高中时曾经拍过两部，但只是八毫米、顶多十几分钟这种程度而已。

第一部是在高一的时候。当时和朋友们一起商量校园文化节做什么，最终决定拍个八毫米电影，然后公映赚点门票钱。

问题是拍什么？

“拍爱情片啊。”同伴中的一个女生说道。她喜欢电影，相关知识也很丰富，还说将来打算进这一行工作。她现在正和丈夫一起经营演艺公司，有一次我还请他们将我的小说拍成了电视剧。

“哎——爱情片有点不好意思啊。”我如此一说，她却不高兴起来。

“既然要拍电影，就没什么不好意思的。”

然后，她彻夜写好了剧本。读完之后，我们这帮男生的脸色都变了。各种耍帅的场景和风趣的台词被大量堆砌在剧本里，这或许适合凯瑟琳·德纳芙和阿兰·德龙，但如果是我们演，恐怕会让观众看得想吐吧。

再稍微写得平民化一些，我们提出要求。

“那就写成爱情轻喜剧怎么样？像赫本的《蒂凡尼的早餐》那样。啊，或者侦探推理呢？像《谜中谜》那样的。”她说着，眼睛如少女漫画里的女主人公一般闪烁着光芒。我们只能沉吟不语。

“你去给我写点什么出来。”带头的那个男生对我耳语道。我吓了一跳。“什么都行。总之必须想点什么办法阻止她拍爱情电影。还是说，你能讲出‘没有你，我一秒都活不下去’这样的台词？”

“我是真不能啊。”

“那就好。那你去给我写。”

没办法，那天回家之后我便坐到了写字台前。最后绞尽脑汁写出来的，是当时以高收视率著称的电视剧《必杀处刑人》的恶搞版。情节很简单，就是念佛之铁（电视剧中由山崎努饰演）和棺材之锭（冲雅也饰演）二人替被黑心高利贷纠缠的美女姐妹报仇雪恨。台词全是大阪话，可以说是一部以极尽低俗之能事的段子来混时间、十分随意的剧本。

“就这个吧。”第二天看完剧本后，带头男生说。其他男生都赞成。但是女生却反对了，说太过下流。我确实也无法反驳。比如剧本里有一场姐妹在夜晚的街头拉客的戏，里面的台词都是“小哥，来玩玩吧？我会让你欲仙欲死哦”，或者“一万块、一万块，只要一万块就可以舒服，怎么样啊”之类。在另一个场景中，姐妹中的一人怒骂高利贷，还要痛斥：“这个长股癣的老色鬼！”

“文化节时搞不好我家人也要来，被他们听到这样的东西我没脸回家。”一个女生说道。

最终我们决定投票，少数服从多数。但由于男生比女生多，所以很容易想到结果——我的剧本被采用了。

拍摄利用星期六和星期天进行。预算的绝大部分都要用在胶片和成像上，所以几乎没法在其他地方用钱。衣服也要自备。身为杀手的念佛之铁和棺材之锭全都是 T 恤配牛仔裤。拍摄场景仅靠朋友的家、附近的空地、学校的接待室来凑合。小道具也是手工制作。念佛之铁打脱对手下颌骨的戏，我们决定像电视上那样做成 X 光照片一样的效果，于是在头盖骨模型的制作上倒是下了一番功夫。

至于最为重要的演技，却是无论如何也没办法。指望他们做出各种不同的表情几乎不可能，每个人要么是带着莫名其妙的害羞的笑，要么是面部紧绷不自然。就连黑心高利贷欺负小姑娘的戏，两个人居然都在嘻嘻哈哈地笑。这样的东西想被称为表演还差得太远。

更加暴露演技不足这一缺点的，是在配音的时候。原本应该边看画面边将台词和效果音录进磁带里，可一旦碰到稍微长一点的台词，他们就只会机械地朗读。就连“什么，你说的是真的？”，或者“明白了，交给我们吧”这样的台词，听上去都像是在背书，实在无计可施。讽刺的是，唯独被女生们鄙夷成那样的下流台词，竟莫名其妙地很有身临其境的感觉。尤其是刚才提到的那句怒骂“长股癣的老色鬼”，爆发力十足，不管听几次都能笑出来。骂出这句台词的女生说自己“已经没法嫁人”，为此还消沉了一段时间。

就这样，我们完成了自己的第一部电影，就要迎来试映。看着完成的片子，我们的心情却很复杂。就像一开始那些女生指责的那样，这的确是一部下流的影片。不光是对白，动作部分也包含很多黄段子。比如影片高潮的暗杀部分，杀手念佛之铁袭击正站着小便的黑心高利贷，被攻击的瞬间，高利贷两腿之间的尿液就像喷泉一样喷得很高，把旁边的屏障都弄湿成了深黑色。这实在无法让人将其与校园文化节这样的词汇联系起来。

当天，我们怀着惴惴不安的心情，公映了这部电影。将门票定为十元这样的低价，完全是出于良心上的谴责。就这样，我们还怕会被人痛斥“还钱”呢。

但出乎意料的是，这部电影竟然很受欢迎。事先设计的笑点一个都没中，但衔接笨拙的对白和夸张刻意的演技竟奇妙地融合在了一起，形成一种难以言喻的感觉。在我们毫无预期的地方，观众们常常爆笑。最后那场当初令人放心不下的站着小便的场景，除了笑声之外，甚至还有人鼓掌。

当初我们打算只上映一天就结束，结果两天全都上映，场次还增加了。即便如此，每次教室里还是挤满了观众。

我们该不会是天才吧？我真的这样觉得。

这次的巨大成功对其他学生造成了重大影响，很多人都计划着明年拍电影。结果，第二年的校园文化节上，全部十一个班级中竟有八个班都拍了电影。拍出来的东西里，还是改编现有作品的居多。全是当时流行的《爱与诚》《寺内贯太郎一家》《龙争虎斗》之类。

我们班也决定拍电影。当就要拍什么而商议的时候，我感到很意外，因为所有人都主张“既然要拍，就拍严肃的电影”。他们说讨厌搞笑和恶搞。

有人说要拍《个人教授》那样的。我吓了一跳。性爱场面可怎么拍啊！

“就说是为了艺术，试着说服女生们。”还有人说出这种毫不现实的话。

“用人偶模特吧。那样老师也没话说啦。”

“老师们是没话说了，但你们不觉得这方法总有点搞笑或恶搞的感觉吗？”我说。

“要不然灾难片怎么样？像《海神号历险记》那样的。”

“好啦，日本人还是喜欢历史片吧。就走《七武士》的路线。”

每个人都在畅所欲言。那个执着于人偶模特的家伙竟提议拍《艾曼纽》[①]那样的片子。

终于，新闻社团的男生开始主张想拍超自然电影了。受《驱魔人》和《天魔》的影响，这种题材正在电影界备受瞩目。

“我可不是开玩笑。我们要拍真正恐怖的电影，制造出真实的效果。”不愧是新闻社团的，口才就是好。听他说着，我们竟多少有些认同了。

就这样，我们的作品定为《吸血鬼德古拉》。

我们的决心非同一般。首先，剧本由一年前做出了成绩的我来写。其次，背景音乐由班上首屈一指的音乐迷担当。家里开化

---

① 20 世纪 70 年代情色电影的经典作品，由法国导演贾斯特 · 杰克金执导拍摄。

妆品店的女生接下了化妆的工作，哥哥是音响发烧友的女生被任命为录音师。被德古拉袭击的美女角色由通过投票选出的班上最具姿色的女生担任，而德古拉则选中了酷似克里斯托弗·李的男生。真可谓是最强阵容。幕后人员的努力也不容忽视。女生们连夜替我们缝制了服装，除了力气之外没什么长处的男生们则活跃在大道具方面，甚至连德古拉的棺材都做了出来。外景拍摄也是动真格的，最后的场景甚至还去实地租用了教堂。真是尽力做到了完美，不，应该说我们试图尽力做到完美。

在看到影片成像后的瞬间我们发现，我们犯下了唯一也是最大的错误。

将近一半的场景都没对准焦。另外，照明失误的地方也不少，还有些本该特写但没拍、反过来该拍全景却给了面部特写的地方。

没错。我们原本打算以最强阵容去挑战，可至关重要的摄像却是个货真价实的门外汉。为什么会这样呢？理由其实很简单。对影片吹毛求疵的人全都以某种形式出演（我饰演一个被德古拉抓住后变为吸血鬼的男性角色），没有人负责摄像。担任摄像的男生，只不过因为刚巧最初负责搬运拍摄器具，结果便被任命为了摄像师。

要重拍已经来不及，只能直接放映。文化节当天，最新款音响器材被接二连三地搬进了我们班的教室，让其他班级的学生们目瞪口呆。张贴在各处的海报也着实做得十分精美。看这副架势，我们觉得不管是谁应该都会好奇，这究竟要上映一部怎样不得了的电影呢?

我们这些剧组成员决定尽量不停留在自己的教室附近，而是四处观看其他班级的电影。不管是哪部，完成度都还可以，至少镜头的焦点对得准，演出人员的脸是能看清楚的。

“喂,那个《吸血鬼德古拉》,你看了吗?”我们旁边有人说话。我们立刻竖起了耳朵。

“还没。正打算去看呢。”对方答道。

“还是别去比较好。”

“为什么啊?”

“那电影怪怪的，究竟在拍什么都看不清。”

“哦。这么另类啊。”

我们偷偷摸摸地离开了那里，尽量不引起他们的注意。

和一年前截然相反，我们电影的观众寥寥无几。仅有的几个顾客看完后，还嚷着“还钱”。原本打算第二天继续上映，结果才一天就草草收场。

一年之后的文化节，我在临时搭建的小摊里卖烤红薯。

剩饭制造工厂

大约几年前大米短缺的时候，我曾看到过一则有趣的报道。

位于埼玉县新座市的某个养猪场一直从工厂的员工食堂和医院收集剩饭充当猪饲料，但是受大米短缺影响，剩饭量也随之减少，无奈之下只得从面包粉工厂收购面包边角料作为饲料。新座市正是我当时居住的地方。那里确实有很多养猪场，每次跑步时都要屏住呼吸从前面通过。但我没想到，那些整天只是无忧无虑地哼唧的它们，正承受着如此困扰。报道上说用面包作饲料会让肉质变得更好，但是由于猪喜欢大米，所以吃起面包来并不香。

埼玉县的猪正被迫忍受如此境遇，可大阪泉州的猪却受到精心的照料，每天都会送来很多装满白米饭的大桶。被送来的米饭量之大和连日里大米不足报道的差距太大，让养猪场主们也百思不得其解。

这些桶里装得满满的剩饭，全都来自周边的医院、食堂和学校。读到这里，我忽然觉得这或许有些道理。

大阪的学校，尤其是小学的剩饭量，比起其他都道府县来恐怕更多，这就是我的观点。我从小学开始便一直强调这一观点。而且，关于这一点，我心里至今还有难解的结。

从幼儿园升到小学之前，我心里的担忧之一便是学校供应的午餐。我感到害怕，不知道究竟会被要求吃什么样的东西，期待则完全没有。我有两个姐姐，我早已从她们那里对大致情况有所了解。

“每天我看到学校的那些菜都想哭。”这是大姐的感想。

“明白告诉你，非常难吃。你最好有思想准备。”这是二姐的建议。听到这样的话，害怕也不是没有道理的吧？

进入小学后不久的一天，我终于第一次吃到了学校的饭菜。当天家长们也来到学校，在教室后方排成一排，观看孩子们吃学校饭菜时的情形。各位可以想象成公开授课的午餐版。

我忐忑不安地等待着午餐分发到自己手上。当时我没有任何不爱吃的东西（现在有很多。赶快长大随意偏食是我孩提时代的梦想），不管是胡萝卜还是青椒全都来者不拒，完全无法想象被姐姐们那般鄙夷的饭菜究竟是怎样，也因此十分不自在。

终于，六年级的大姐姐和大哥哥手持泛着幽幽黄铜色光芒的巨大容器出现了（一年级学生的饭菜由六年级学生搬运，应该没错）。容器有两个，分别装着菜和牛奶。接着，面包和餐具也被搬了进来。

首先分发的是餐具，有一个大盘子，另外还有盛菜和牛奶的容器各一个，全都是铝制的。大盘子被分成了三个小格，可以用来装面包和一点小菜。

接着，午餐供应终于开始了。

看了我这篇拙文的读者或许不相信，但这值得纪念的小学供应第一餐，我几乎完美地留在了记忆中。面包两个、雪白的牛奶、热乎乎的蔬菜汤、橘子罐头，面包旁边还有纸包的植物黄油方块。一眼看上去，完全不觉得会难吃。

我胆怯地喝了一口蔬菜汤。我觉得如果真的非常难吃，那应该也只有这个了吧。在喝第一口的时候，连舌头都紧张起来。

然而紧张却落空了。味道还算可以。虽然算不上美味，但如果是这种程度还是吃得下去的。接下来是牛奶。传闻说，那是脱脂奶粉冲的。这仍旧算不上美味，但牛奶的味道是有的。我决定提高及格分数线，接着将目标转向面包。似乎刚烤好，还软乎乎的，口感也不错。

结果，当天的供应午餐我一点没剩地吃了个精光。也因为本来就饿了，就算说这顿饭很好吃其实也不为过。

那天的供应午餐结束后，我便和母亲一起回家了。关于菜色我们一致觉得，“如果是那样还算可以”。母亲此前也只是听过姐姐们的说法，看上去也松了口气。

但在听完我的感想后，二姐却发出了冷笑。“太天真啦。”她随即撇嘴道。“为什么？”我问她，可她并不回答，只是神神秘秘地微笑。

第二天午饭的时候，我终于明白了那令人有些不舒服的微笑的含义。今天已经没有了家长的陪伴。

和昨天一样，午餐由六年级的学生分发，餐盘也是相同的。但是看了一眼盛菜的容器后，我却犯起了嘀咕。这到底是什么呀？昨天还盛着直冒热气的蔬菜汤的容器里，今天却装着几块好似裹满了泥巴的石头一样的东西，石块之间还夹杂着废纸屑。我伸手摸了摸盘子，冰凉，更别提什么冒热气了。

我试着用铝制的勺子（不是叉勺那种用起来很方便的勺子，形状看上去很像吃中国菜时用的瓷勺。我想各位应该能大致想象出，吃起来实在很不方便）戳了戳。原以为是石块的东西，其实是煮过的红薯和胡萝卜，看上去像废纸屑的其实是菜叶。它们散发着一股苦涩、奇怪的腥臭味。我感到食欲正急剧衰减。周围的其他孩子也一样。大部分人都对面前的午餐目瞪口呆，已经有女孩早早地哭了起来。

配菜都这样，其他东西也基本差不多。当天发的脱脂牛奶，连颜色都不是白色，而是略微泛黄的怪异颜色。看上去都这样了，味道也可想而知。甚至可以说已经没有哪怕一点牛奶的味道。而面包也如同一块旧海绵般毫无弹性，湿乎乎的。一天前放着橘子罐头的地方，到了今天却不知为何变成了竹轮[①]，是用酱油煮过的，

① 日本传统食品，将磨碎的鱼肉裹在竹棒或铁棒上烤成的熟食。

但辣得很，还和橡胶一样硬。

眼看着这些与一天前截然不同的饭菜（我甚至怀疑还能不能用这个字眼来形容），我低吟起来。我那颗孩童的心终于明白，昨天只不过是因为有家长参观，才特别准备了好吃的饭菜。现在这个才是真正的供应午餐。从现在开始还将持续六年。我这样想着，觉得整个人的意识都开始模糊不清。原来是这么回事，我终于明白了姐姐们那样说的原因，她们一点都没有夸张。

从此，午餐时间对我来说毫无乐趣可言。藤子不二雄等人的漫画里，常会出现孩子王般的角色，说什么“去学校的乐趣只在于体育课和午餐而已”，在我看来那都是骗人的。

在一年级第三学期，还发生了一件令我无法不讨厌供应午餐的决定性事件。当时的菜色，时至今日仍然历历在目。还是那种蔬菜汤一样的东西，颜色怪异的汤汁里浸泡着洋葱、土豆之类。我十分不情愿地伸出了勺子，打算先吃一口再说，可这时汤汁里却有什么东西动了一下。

我定睛一看，不禁大吃一惊。我揉了揉眼睛，实在不敢相信竟会有这样的事。但这并不是错觉。汤里有一只约两厘米长、一毫米粗细的、形状好像绳子的动物，身上带着红白相间的花纹。这家伙正在汤汁里扭动着游来游去。

我立刻将盘子端到了班主任面前。那个中年女教师戴着一副眼镜，就是漫画里常出现的那种望子成龙的妈妈戴的那种，她诧异地看着我。

“干什么？午饭时间不允许起身离开座位。”面对她那死板的教条，我只应了一声“这个”，随即递上盘子。

她一边扶着眼镜一边盯着盘子，在接下来的瞬间发出了低声惊呼，头也跟着往后仰去，然后慌张地掏出手绢捂在嘴上。“赶紧扔了！”面部扭曲的她说道。

我照办了。回到座位上时，同桌露出了不可思议的表情，我却只答了两个字：“蚯蚓。”同桌吓了一跳，赶忙将那盛菜的盘子推得远远的。我偷偷看了一眼班主任，她同样带着不安的表情盯了盘子一会儿，随后将其放到讲台边缘。不用说，那一天的菜谁都没有动。

但是，这件事没有引起任何关注。原本梦想着班主任向学校汇报，然后午餐会得到巨大改善，可结果令我十分失望。很显然，那个女老师并没有将事情上报。现在想想，我讨厌老师或许从那个时候就开始了，因食物而生的怨恨是一辈子都无法抹去的。

揭露学校供应的午餐是在怎样一种不卫生的环境下制作的证据还有很多。用脱脂奶粉冲泡的牛奶在我们三年级时换成了鲜牛奶，可鲜牛奶变质的情况发生过不止一次。而最不干净的就是餐具，常常还残留着前一天的污渍。至于餐盘，甚至还出现过大片发霉的状况，就好像什么东西撒了粘在上面似的。

“春游的前一天最好不要吃学校的午餐。”这是我们想出来的笑话。因为说不定会因为吃坏了肚子而去不了。

每到午饭时间，我们要做的事情都一样：咬一口面包，随后就塞进书包里。这面包原本是打算带回家扔掉的，但一不小心就会在书包里放上好几天。在对着课程表换课本时，经常会有两三个压成一团的面包滚出来。被遗忘的日子越久，它们就变得越硬，有一些甚至变得像浮岩一样。我们的书包里总是一股面包味，倒过来抖一抖还会稀稀拉拉地落下许多面包屑。反过来，面包也沾染了一股书包的气味。我们戏称这种状况是“书包面包味，面包书包味”。可这世上总有些怪人，这早已过期的面包竟然还有人乐意吃。有一次，经常出入我家商店的批发商老板擅自跑进厨房，看到了我随手扔在那里的面包，便问：“这个能吃吗？”不等我回答，他便吭哧吭哧地将面包往肚子里吞，竟然还对目瞪口呆的母亲说：“老板娘，给泡杯咖啡。”

据父母说，这个干批发的老板是出了名的吝啬，在家里虽然让自己的女儿吃得好好的，可他们夫妇自己却只靠吃咸菜下饭。他是个地地道道的大阪商人，可即便如此精打细算，却还是一时大意，被人家从停在店门口的车里偷走了价值上百万的货。从那之后，他为了我的那些面包而来的次数变得越发频繁。

我就是以这样一种方式处理掉了午餐的面包，可那些菜却无法带回去。最常用的方法是，先看一眼盘子里盛的菜，如果是和平常一样不值一吃的东西，就毫不犹豫地倒进教室前方的铝制容器。牛奶也是一样。因为大部分学生都这么干，所以那铝制容器不一会儿就填满了剩饭。换句话说，午餐时间对我们来说，只不过是制造大量剩饭的时间而已。

这些剩饭被装进大桶，搬上在午休时间结束前出现的养猪场的卡车运走。我们常捏着鼻子，目送这些卡车远去。

“如果……”朋友看着卡车说道，“我们把学校提供的午餐都吃了，养猪场的人就郁闷了吧。”

“那当然啦。猪饲料就没有了嘛。”

“那些剩饭是不是学校卖出去的呢？”

“嗯，或许是吧。”

“也就是说……”朋友抱起胳膊继续说道，“对学校来说，剩饭同样是件好事。”

我沉默了。我明白了朋友想说什么。

他在怀疑，我们的午餐之所以那样难吃，全是校方为了顺利地卖出剩饭而想出的策略。确实，那午饭的难吃程度让人不得不认同这种猜测。

我觉得或许真的是那样。从那时起，我便一直对学校供应的午餐抱有一种复杂的心情。

啊！体育社团里的花样年华

F 大学公布录取名单当天，在告示板上发现自己的准考证号码时的喜悦，是在我迄今为止的人生中能名列前十的幸福瞬间之一。毕竟我是个复读生，也没有其他大学可去，已经完全处于悬崖边缘。而且，F 大学工学部可以填四个志愿专业，我的第一志愿电子工学专业已经落榜了。一年前陆续被从第一志愿到第四志愿的电气、机械、化学、金属专业拒绝的痛苦回忆复苏了。我甚至开始后悔，早知如此就不去装样子考庆应了，还不如找个保底的大学考一下呢。

就这样，我怀着忐忑不安的心情去看第二志愿的电气工学专业，结果就有了。准考证号一〇四九二，那绝对是我的号码。

“成啦！”我握起右拳，为自己的胜利喝彩。这个瞬间我已经等了两年。

我要细细地品味这份感动，就在我正这样想的时候，一个黑影从左边靠近，一下子拦腰抱住了我。我吓了一跳，赶紧回头看，发现一个体格健壮的男人好像橄榄球比赛时擒抱防守似的贴在我身上。

“我是划艇部的。”男人抱着我说，“我们为你准备了咖喱饭。请一定来我们的活动室一趟。”

“啊？”

“肚子饿了吧？我们的咖喱煮得很好哦。”

“等、等等、等等，请稍微等一下！”我试图挣脱男人的臂膀。不愧是锻炼过的，对方纹丝不动。“接下来我还得去拿录取通知书。”

“那，拿过了之后总可以来一下吧？我们不会要求让你今天就加入的，但请一定来聊聊。听我们说说，吃完咖喱饭，然后就可以回去。”

“真的只是这样吗？”

“只是这样。”

虽然我并不确定是否真的只是那样，但先从他那老虎钳般的臂膀中挣脱出来才是当务之急。无奈之下只得答应。男人终于放开了我。

“那么我就在这里等你。”在发放录取通知书的房间门口，男人这样对我说。再看四周，还守着好几个散发出同样气息的人，他们看上去就像在互相牵制一般。

我走进房间，排起了队。有人从身后拍了拍我的肩膀。是一个笑眯眯的、烫着卷发的男人，怎么看都不像是考生。

“你被划艇部缠上啦。”烫头男不容分说地将手放在我的肩头。

“嗯，啊。”

“他们真是烦人。你可不能被咖喱什么的给骗了哦。”

“啊？”

“而且……”男人就那样将手一伸，趴在了我的肩膀上，“你觉得拳击怎么样？”

“哎？拳击……”我注意到对方的鼻子都塌了下去，心里这才恍然大悟。

“拳击可不错哦，又帅。”男人揉着我的肩头说。他的双眼正闪闪发光。

“不，那个，那些事情我打算接下来再慢慢考虑……”

“别这样说嘛。稍微来我们的活动室看看总可以吧。”

领通知书时，男人一直跟在我身边。走出房间之后，那个划艇部的又忙不迭地凑了上来，看到拳击部的跟在我身边，脸色骤变。

“喂！别抢我们的人好不好？”

“还不一定就是你们的人呢。”

“我们都谈好了，你别来捣乱。好啦好啦，这边请。可千万不能听那小子胡言乱语。哦，对了，我还没问你叫什么呢。”

我被划艇部的人牢牢抓住双肩，还来不及说话便被拖走了。身后拳击部的人则招呼道：“欢迎随时到我们活动室来玩。等你哦。”

划艇部的活动室位于名为F大体育协会楼的建筑当中，现在看上去依然摇摇欲坠。不用说，活动室也是千疮百孔，昏暗狭窄、十分脏乱。虽说这一天搬进了一个煮着咖喱的大锅，但房间里仍然飘着一股咖喱所无法掩盖的恶臭。

“好啦，别客气，快吃吧。”看上去像是划艇部骨干的人一声令下，咖喱饭被端到了我们面前。除了我之外，还有好几个疑似被绑架来的学生。

在我们吃饭的时候，骨干开始介绍划艇部，话题主要是以在某某大赛上获得了何等战绩为中心。而给人的印象则是，形势大好的全是过往，如今似乎并没什么实力。

“总之，我们划艇部是一个有着悠久历史传统的优秀社团。所以你们也不要再犹豫了，都加入我们社团吧。没问题吧，都明白了吧？”他的口气和刚才的“推销员”截然不同。

我们都开始支支吾吾起来，似乎谁都没有加入的意愿。

“你们这帮小子，该不会打算白吃一顿咖喱饭就回去吧？”骨干语气凶狠地说着，用下巴朝部下们示意。铅笔和纸被拿到了我们面前。“写下你们的专业和姓名。入学典礼结束之后我们会再去找你们，在那之前给我想清楚。”

我们吓得浑身发抖，写下了姓名以及刚刚才录取了自己的专业。

被放出来之后，我们这些遭受了绑架的人稍稍交流了一会儿。其中一人如此说道：“高中时的一个前辈和我讲过，千万别加入划艇部。听说有个体育协会所有社团都参加的马拉松对抗赛，划艇部表现得可强了。也就是说，平时的训练一定很严格。”

听到这番话，我们都只能长叹不已。

“但是，我们入学后，他们肯定还会来劝的啊。”

“那是一定的吧。咖喱饭我们也吃了。”

我再次陷入沉思。看来加入其他某个社团是摆脱他们最为有效的办法。考上大学虽令人欣喜,可接下来的烦恼却早早地就来了。

但对我来说，这种情况也不是完全在预料之外。因为我早已决定，进入大学后就找一个社团加入。一入学就寻找合适的社团，这是我从初中开始就给自己定下的规矩。所以，在复读时我也坚持每天早晨跑步，每天晚上做八十个俯卧撑。只要坚持做好这两项锻炼，即便加入体育社团也不会那么痛苦，这是我从长年的经验中总结出的智慧。

初中时我加入了剑道部，因为我想体验一下武道的感觉。剑道给人以男子气概的印象，防具穿上也挺帅。可训练着实痛苦，尤其刚加入的时候，简直就是地狱。因为一直被前辈压着抬不起头的二年级学生们，这时终于等来了可供他们随意使唤的奴隶。决定训练内容已经不是基于如何才能得到锻炼这一目的，而是如何才能最有效地折磨人。我们被要求做兔子跳、膝盖伸展状态下的腹肌锻炼等，这些以现在的眼光看只会诱发伤病而毫无锻炼效果的运动，也纯粹只是为了满足高年级学生们的施虐心理而已。在休息的时候，我们还常常被要求“不准喝水”，现在绝对不会有哪个教练说得出这种蠢话，而是应该要求充分补充水分才对。之所以那样，全拜“痛苦即锻炼”这种疯狂思想所赐。对于我的这段话，想必有很多人感触颇深吧。

不过，训练的痛苦迟早会习惯。等升上了二年级，便也不会遭受折磨了。但唯有一件事是无论如何都无法习惯的，那就是往身上套那臭汗淋漓的剑道服和防具。尤其在酷热的夏天，戴上面罩时那逼人的臭味几乎要让鼻子扭曲。而对于隔天再次穿上汗湿的剑道服，我也有着难以忍受的记忆。那是在梅雨季节里格外湿冷的一天，我早已做好心理准备，料想剑道服必定因为前一天的汗水未干而冰凉，可套上之后却意外地没有那种感觉，甚至还有些温暖舒适的触感。我十分不解，脱下衣服翻开来看，不禁咋舌——后背那一块已生了一层厚厚的霉斑。

成为高中生后，我决定加入稍微干净卫生一些的社团，因此给人以浑身泥土印象的足球、橄榄球这种体育运动全不考虑。我选择的是田径部。这一选择与父亲的一句话其实有着很大的关系——“想搞体育，游泳和田径是首选。因为用不着什么道具，也就不用花钱。”

由于小学时被送到游泳训练学校（可不是游泳健身培训中心那种时髦的地方）而吃尽苦头，因此我决定选择田径。

可说实话，田径训练一点意思都没有。从热身开始，然后进行冲刺、加速、旋转木马等各种名目的练习，可总结下来，发现除了“一个劲地跑”之外，什么内容都没有。田径部本就该这样，这话其实也在理，但我实在是厌倦了。而且因为成员本就不多，经常会出现短跑项目或田赛项目的选手被强制要求参加长跑项目的情况。我就曾因部长脚部受伤而被迫参加了马拉松接力赛，跑得我口吐白沫，意识都模糊了。我是咒骂着跑完的。当初“稍微干净卫生一些”的印象也立刻荡然无存。因为要光脚穿跑鞋，我染上了脚癣，还因为总是穿同一条运动内裤不换而得了股癣。当我终于明白活动室里放有股癣药的原因时，一切已经太晚。

我早已暗下决心，上了大学，一定要加入一个清新脱俗的社团。没有浑身的臭汗，股癣也与我无缘——我梦想着这样一个学生社团，而它绝不是划艇部。

入学后好几天，我还是没有决定要去哪里。四处都可以看到体育社团的拉人大战。

“加入网球部吧，受女孩子欢迎。”

“欢迎加入一年之内绝对能找到女朋友的滑雪部。”

“我们是有很多同女子大学联谊活动的登山部。”

之所以将“女生”作为诱饵，是因为当时的F大几乎没有女生，而那些人心里也清楚，新生们最为烦恼的便是上学期间能不能找到女朋友。事实上，有很多急性子的家伙都被这些谎言蒙骗而选择了加入。

某天，我正走在去商店的路上，发现楼房边的空地上有一群人，举止怪异。他们在墙边摆了一张榻榻米，又在上面贴上将数个同心圆以各种颜色区分开来的靶子，用弓箭玩起了射箭游戏。当中有两三个身着运动服的学生正招呼着从一旁经过的新生。

“要不要来玩射箭游戏啊？免费哦。”

我被“免费”这字眼所吸引，凑了上去。曾被称为游戏厅之王的我，尤其擅长使用冲锋枪或霰弹枪的射击游戏。

一个看上去应该是射箭部成员的男生将弓和箭递给了我。标靶的距离不到十米，靶子正中间挂着一只气球，他们说只要射中气球就送糖果。糖果什么的我倒是不想要，但浑身流淌着的游戏厅之王的血液却在沸腾。我大致学习了一下射箭方法，试着射了一箭。虽然偏得很离谱，但至少掌握了窍门。我用剩下的箭射破了两只气球。和我同时射箭的还有好几个新生，但谁都没有命中。

“很厉害啊。”射箭部的成员说道，“你喜欢这样的游戏吗？”

“还行吧。我对于射击游戏比较在行。”我挺了挺胸。

“如果是这样，不如加入我们社团吧！每天都能玩射击，而且还不要钱。”

嗯……我沉思起来。射箭，看上去多少有一些清新脱俗的感觉。去年的蒙特利尔奥运会上，同志社大学的选手道永还拿了银牌，作为竞技活动来说，给人的印象也不错。最重要的是，我觉得这样似乎终于能和体育社团所特有的“吃苦耐劳”这种落伍思想一刀两断了。“我考虑考虑。”说完我便离开了，不过其实我在心里已经十分倾向于这里。而且再不早点决定的话，万一划艇部的人再来绑架就不好办了。

几天后，我去申请加入社团。射箭部的活动室并不在那栋脏兮兮的体育协会楼当中，而是独立设置在号称当时关西第一的射击场旁边。前辈们非常亲切随和。我十分满意，觉得这下子终于可以好好享受个中乐趣了。

然而，不知天高地厚的日子也就到此为止。开始训练的第一天，我们这些新成员首先被教导的就是如何向前辈行礼。见面时说“七哇”(这应该是日语“你好”的简略发音)、行礼时说“阿西塔”(估计是日语“谢谢”的简略发音吧）是最基本的。训练时大声喧哗也绝对禁止。而且不管做什么事，都要严格地论资排辈。我只得继续过着那不知究竟是去练习还是去给前辈打杂的每一天。

这不可能，我想。这明明应该是科学性十足的射箭运动，不可能存在如此落后于时代的错误观念。我真想告诉自己，这中间一定是有什么误会。

但这就是现实。当我去给参加联赛的前辈们当啦啦队时，我清楚地认识到了这一点。听到着装要求后，我的眼珠子都掉了。竟然要求我们穿制服去。所谓制服，就是学生服。高中时是自由着装，那玩意儿早没有了，就算有也该小得不能穿了吧。我将这一情况向前辈说明，却只换来一句“自己想办法”。说出来真是丢人，我都已经是大学生了，居然还落得个回过头去买学生服这样莫名其妙的下场。

那么，最关键的那每天免费玩射击游戏的承诺又如何呢？实际上，我们真正面对靶子射箭，已经是加入社团两个多月之后的事了。那么之前都做些什么呢？其实只是每天拉弓摆姿势而已，另外就是时不时地喊两句“七哇”或者“阿西塔”。

没才艺的人就去吐

加入射箭部大约一个半月后，一次训练结束时，前辈忽然问我："喂，你喝酒怎么样？"

当时我正在换衣服，但还是马上立正站好。"嗯……怎么样是指……"

"问你能不能喝。"

"能不能喝酒？"

"是啊。"

"嗯……"我挠了挠头，"嗯，我觉得还行吧。普通能喝。"虽不能明目张胆地说，不过我从初中开始就很喜欢喝啤酒了。当然现在还是喜欢。

"哦？"前辈盯了我一会儿，然后咧嘴一笑，啪啪地拍着我的肩膀，"是嘛。要是这样的话，下星期你可要喝得开心点。"随后就离开了。

“真够傻的啊你。”背后有人说话。同社团的 K 岛正站在那里。

“为什么？”我问道。

K 岛压低了声音，说：“你那样说，下星期的新生欢迎会上肯定往死里灌你。”

“啊？”我嘴张得老大，“是吗？”

“我都打算说自己不能沾酒呢。”

“这种借口能管用吗？”

“不知道。不过，总比到处说自己能喝好。”

“嗯……”我沉吟着。这下可麻烦啦。

在我们学校的射箭部，对大四学生来说，四月份的团队联赛将是最后一次比赛，之后实际上等同于退役（个人赛可以参加），队伍的管理权也随之移交给大三的学生。同时，新加入的大一学生也会作为正式成员得到承认。所以，举行新生欢迎会也包含庆祝的意思，但说实话，我们这些新生打心眼儿里觉得那样的欢迎会不要也罢。因为关于欢迎会上前辈的灌酒攻势有多可怕的流言，我们多少也有所耳闻。

我记得当时新成员大概有十几个。迎新会在即，我们决定在咖啡店集合，商量对策。

“据说喝之前多吃点青菜就不会烂醉了。”

“不对，我听说吃油腻的东西比较好。好像是可以在胃里形成一层保护膜。”

“动不动就往厕所跑，一个劲地喝水也是个办法，可以稀释酒精。”

每个人都在发表“不会烂醉”的方法。我们认真地听取每个人的意见。这里头最拼命的是迄今为止一滴酒都没碰过的那帮家伙。我们来自不同的高中，自然会有这样的人。因此我们常在训练结束后结伴去便宜的酒吧或啤酒屋，让那些从未体验过酒精的人练习喝酒，还有人因喝得太多而宿醉。

让我们头痛的还不仅仅是前辈的灌酒攻势。二年级的前辈曾对我们说过这样一句话：“听好了，到时候每个人至少表演一项才艺。如果毕业生或者干部们不满意，还得重来。”

“那要是还不满意呢？”一个人问。

“那就会罚你连干三大杯清酒。没才艺的人就去吐，这是迎新会的规矩。”

啊！我们都浑身发抖。

这一天终于还是来了。衣服就不用说了，自然还是学生服。只要身在体育社团，一有什么事肯定得穿学生服。

场地是位于难波的某个宴会厅。我们这些新成员都被命令在店门口一字排开，负责接待前辈和毕业生。那些人一旦出现，所有人都要齐声招呼“七哇”。但我们这些新人自然不知道毕业生都长什么样子，这就需要有大二的前辈陪在旁边，专门负责认人。他们会留意远处，然后给我们做出指示。

“哦！是 ×× 前辈。快看，就是那个穿白西服戴太阳镜的人。

等等，现在还不要打招呼，等他过了那根电线杆再打。”

我们这些大一新生就这样听从指示，打招呼喊“七哇”，将其带到毕业生的房间。

说实话，这实在是一个让人难堪的传统。从我们面前经过的人全都没好气地看着我们。我觉得这也不能怪他们。

就这样，等毕业生聚齐之后，迎新会开始了。桌子上已经准备好了牛肉火锅，但是我很怀疑那些东西我们究竟能吃到多少。当天的费用，大一新生是不用交的。白吃牛肉火锅？体育社团里肯定没这种好事。

前辈们分散地坐在大厅当中，各处留出的空位，必定是出于让大一新生坐在那儿以便好好“招待”的企图。这些大家都心知肚明，但也没办法拒绝。

“好好,你坐那儿。你坐我旁边。什么？不想坐？不想就算啦。反正过一会儿我去给你倒酒就是了。”

“喂，也找个可爱的新人坐我旁边嘛。你看看，这里有这么多啤酒呢。我一个人哪儿喝得完。”

不知为什么，只有这种时候，每个前辈说话的语气才会变得黏黏糊糊、死缠烂打。

部长致辞、顾问讲话、教练赠言都结束之后，宴会终于步入正题。牛肉火锅咕嘟咕嘟地煮，啤酒瓶盖一个一个地开。

首先，大一新生被要求按顺序自我介绍。这时候经常出现一些故意刁难的问题。

“干部当中谁最可怕呀？你直说没关系。”这样问的基本上都是毕业生。这时候，如果老实回答：“是。嗯……我觉得……是 A 前辈。”结果会如何呢？会被猛然抬头的 A 前辈叫过去：“什么？我可怕？怎么可能呢！你小子带着杯子过来一下。你好像对我有些误会啊，让我好好地给你倒杯酒。”但如果反过来说什么“没有觉得可怕的人，大家都很亲切”，结果会更惨。

“你说什么？”四周会立刻响起这样的质问。

“你居然说前辈们根本不可怕？我们还真是没被放在眼里啊。这面子必须得找回来。喂，你到我这边来一下。”

“那边结束了到这儿来。”

“然后再来我这里。”

结果就会变成这样。

自我介绍之后是每人表演一项才艺。说到表演，我们这些刚进大学的毛头小子，哪里演得出能取悦那些酒鬼的才艺。我唱了《舞女华尔兹》，却被指责太难听，受到一口气喝光一瓶啤酒的惩罚。我后面的人表演唱佛经，则以破坏气氛的罪名处以三大杯清酒的惩罚。不过，像我们这样至少表演了才艺的人还算好。什么都不做的人甚至要成为“替身棒球拳”的牺牲品。这是个惨烈的游戏，由前辈负责猜拳，输一次脱一件衣服，然而却是由身边的新生代替前辈脱。前辈会事先商量好，因此，不管身处哪一方，肯定都要被扒个精光。可能因为当时还没有女性成员，这个游戏才得以存在吧。

新生的那些无聊才艺结束后，前辈便开始表演早已准备好的看家才艺。其中绝大部分，或者说全部，都是猥琐下流的歌曲。那些歌的歌词几乎都是改编其他歌的，我们头一次听到，里面包含大量性器官的俗称。他们说，这些才艺节目是靠社团里代代相传才保留到今天的。

我们的教练是曾参加过慕尼黑奥运会的梶川博先生，当看到如此伟大的梶川先生一边拿筷子敲着茶杯，一边念念有词地哼唱出“珍宝[①]法莲华经，珍宝法莲华经，一寸的话——不够往里放。珍宝法莲华经，珍宝法莲华经，两寸的话……”时，我觉得受到了一种难以言喻的冲击。

在这种事情进行时，新生们还在不停地被灌酒。而且我们能得到的只有清酒和啤酒，连牛肉锅里的一根葱都吃不到。之前和伙伴们商量好的“多吃青菜”“多吃油腻的”之类的对策完全无法实施。我们不得不陷入空腹饮酒这种最容易烂醉的境地之中。

前辈当中有人会这样说：“真可怜啊，想吃肉了吧。想吃就吃，没关系。来来来。”说着还替我们夹肉。如果这时候欣然接受，将其吃下肚，那么等在前面的就是地狱。

“哦，吃掉啦。吃了两块嘛。一块肉配一杯酒，总共就是两杯啦。好了，赶紧喝吧。”接下来，酒就会咕咚咕咚地倒进我们的杯子里。

---

①日语中，“珍宝”的发音很接近男性器官的俗语的发音。

这种时候，前辈肯定会说这样的话："一口气干了，一口干。中途如果停下来喘气，就要再来一杯。""一口干"这个词真正流行起来其实是几年之后，但在我们中间却早已成为了常用词汇。

宴会进行大概一个小时后，大一新生中往厕所冲的人开始增多。也有些人开始双眼无神，坐倒在地一动不动，或者躺在榻榻米上呈大字形昏睡过去。当然了，前辈们并不会因此就放过我们。

"怎么啦，怎么这么安静啊？酒应该已经醒了吧。好，那就让你再醉一次。"话音未落，一升装的酒瓶口已经塞进了大一新生的口中。新生被灌过酒后就直接冲进厕所，哇哇地吐。大一新生的胃就好像水桶，将酒完好如初地从宴会桌上搬进了厕所里。

由于当时正是迎新会的旺季，为同样目的而来的人另外还有好几组。厕所总是被看似大一新生的人挤满。隔间里接连不断传出呻吟声，还有人直接吐到小便池里。洗脸池不知何时也因呕吐物而堵塞了。

因为讲了个不好笑的笑话，我被罚一口气喝光了一整杯酒，直接来到厕所呕吐。走出厕所后，我决定在旁边的长椅上坐下休息一会儿。我的前方就是电视机，正直播巨人和阪神的比赛。巨人队的投手是当天作为职业球员初次登场的江川卓。我便在意识朦胧的状态下给阪神加油。

不一会儿，阪神队的莱茵巴克打出了全垒打。那一瞬间，我起身拍手，嘴里喊着"好球"。这一举动几乎要了我的命。

我感到肩膀被拍了一下，转过身，发现被评为"干部当中酒品最差”的 T 前辈正在窃笑。

“你还挺会享受的嘛。大晚上的还看球呢。”

“不是，那个，我正打算回房间呢……”

“晚间球赛还是要配啤酒吧，还是你觉得清酒比较好？”

“没有，那个……啤酒就行。”

“好好。那我们就去喝啤酒。”

我被 T 前辈带回房间，被迫挑战了“流水素面[①]式喝啤酒”。具体是怎么个喝法，请各位自行想象。我当时都以为自己要死了。

就这样过了两个小时，迎新会结束了。最后所有人合唱了大阪 F 大学生歌，还围成一圈喊了口号，四周躺着如同烂抹布一般的大一新生。

大二学生和相对较精神的大一新生负责照顾那些烂醉如泥的人。我照顾的人是打算说自己不能沾酒的 K 岛。他的小伎俩惹恼了众位前辈，结果落了个喝得比谁都多的下场。

“K 岛，你没事吧？”

“唔——唔——”走出饭店后，K 岛似乎光是站着就已经很辛苦。他的胃都空了，想吐都吐不出来。

梶川教练走到旁边说：“让他喝水。这样舒服些。”但是附近到处都找不到水。正发愁时，梶川教练不知从哪儿抽来了一根水管，那是用来往路上洒水的，正往外喷着水。梶川教练将管子塞

① 日式料理，把竹子劈成半月形，接成水渠，水中有面条顺水而下，想吃的人把筷子一放，就可夹到面条。

进了K岛的嘴里。“好了，喝吧。”

K岛表情扭曲，咕咚咕咚地喝着水。

“手指塞进喉咙，把刚才喝的水吐出来试试。”教练说。

K岛按照指示做了。他吐出来的水已被染成了红色。

“梶、梶、梶、梶川教练，血、血、血，有血、有血混在里面！”我吓得不轻。

“嗯——”教练看到后，手啪的一下拍在K岛的背上，“唉，好像喝得有点多啊。以后要注意。”然后，教练丢下一句“剩下的就交给你啦”便离开了。

最终，K岛在接下来的三天都请了假。除此之外，还有两个人因急性酒精中毒被送进了医院。

对此，社团里的一名骨干评论说：“作为新生欢迎会的成果，还是不太令人满意啊。”

山寨理科生的悲哀

每当回顾自身的经历，我都觉得很不可思议。我常问自己，为什么要学电气工学专业呢?

当然，因为那是我自己的志愿，而我也考上了。可为什么会有这样的志愿呢?

其实电气工学是第二志愿，我的第一志愿是电子工学。那么，之所以想读电子工学专业是因为有某种明确的理由吗?

没有那回事。

说实话，其实一切都是想当然。想当然地将电子作为第一志愿,于是电气便十分自然地成为了第二志愿。诱发了这种“想当然”的真正原因是什么呢?

其实是“以后就是电脑的时代”这么一句话。是谁先说出口的也不得而知,感觉忽然之间身边的人都开始这样说了。就连“IC”

都不知道是什么意思的老太太，都知道了“Computer”这个词。这个词同样被深深地刻印在了身为高中生的我的脑海里。由电脑联想到电子工学，最终萌生了电子工学专业的志愿。这就是真相。

我要给青少年们一个建议。千万不要如此草率地决定自己的未来。尤其是以理科为目标的各位，不如再重新考虑一遍。

昨天的报纸提到，孩子疏远理科的现象越来越严重，理科相关教育人士和科学工作者似乎很着急，他们甚至认为那是人类的危机。

我并不想扯这些人的后腿，但如果让我发表意见，我觉得一定程度上的疏远理科其实也挺好。不，应该说，我甚至觉得，除抱有强烈的热情和决心的人之外，其他人都离理科远点才好。

理科的路很艰苦。要学的东西很多，而且全都晦涩难懂。我们常听讨厌数学的人抱怨：“微分啊、积分啊、三角函数啊到底有什么用？”对于在理科世界生存的人来说，这简直可笑至极。他们会说：“微分？积分？三角函数？那些如同做游戏般简单的数学什么用都没有。有用的，是从那里开始更进一步的真正的数学。”同样的话，对物理、化学、生物、地学等所有理科相关学问都适用。如此一来，可以理解那些东西的，实际上仅是十分有限的一小部分人。正因如此，如果明明没有相应的能力却想当然地误以为自己适合理科而轻易走上这条路，便注定要背负起无法想象的艰苦和辛劳。

我就正好是一个例子。

虽然这看上去纯粹是在自吹自擂，我也知道这样写会引起读者的不快，但直到高中结束为止，我都对数学、物理和化学有着极大的自信。我自命不凡地认为，根本没有自己解不开的题。虽然有时候因身体状况欠佳或过于慌张而在考试时犯些错，但只要拿出真本事，不管什么时候肯定都能得满分。

然后，我进了大阪F大的电气工学专业。那时，我的错觉还在持续。我还坚信自己是适合理科的人。

大学的课程陆续开始。第一学年大多是公共课倒也还好，问题是到第二学年专业科目开始逐渐增多了。我从这个时期开始愁眉苦脸。到了第三学年，当开始担心自己的学分是否够顺利升学时，我不得不得出以下结论：

不行，我根本不适合学理科，我当初的选择太失败了。

举个例子，有种东西叫电磁学。英国物理学家麦克斯韦是这门学问的集大成者。这个大叔建立的麦克斯韦方程组可谓电磁学的基础，我试着查了一下《广辞苑》，里面是这样写的："定义电磁场的运动法则的方程组，通过分别针对电场强度和磁场强度的四个偏微分方程来表达。只要给出电荷密度、电流密度以及边界条件，就可以通过该方程组决定电磁场。"

文科的人估计会觉得不知道这是在讲什么吧。实际上，我对这些话的理解程度和文科生几乎没什么差别。总之就是一头雾水。而且并不是说以前我可以理解而现在忘记了。从学生时代开始，我就一直是这种状态。

专业课中这种非常难懂（当然是对我来说）的科目林林总总，教授们上课时好像在拉家常，可内容我却一句也没听进去。大家都是讲日语，所以话是懂了，却完全没有在脑子里咀嚼消化。

万般无奈之下得出的结论是：我不该学理科。不过如果有人问我："那文科就行吗？"这也很难说。因为我的语文、英语和社会的成绩都惨不忍睹。说得直白些，就是一无是处吧。文科不行，理科也不行。就是这么回事。

有一次，我怀着惴惴不安的心情，向朋友们坦白了自己的想法。朋友们的反应让我大吃一惊。在场所有人都脸色一变，竟都说其实他们最近也开始这样想了。甚至有个人还说，只要一听到麦克斯韦这名字就会起荨麻疹。

"真正能在理科世界生存下去的人，恐怕非常少吧。"其中一个朋友感慨颇深地说道。我们也都跟着点头。然后，我们决定将自己命名为"山寨理科生"。

可即便有这样的自觉，也不可能事到如今还因此走回头路。到了这个地步，除了先设法毕业、顺利蒙骗过某个企业的人事部、混个技术员当当之外，再没其他路可走。再说得长远一点，在顺利从那家公司退休之前，必须隐藏好自己只是山寨理科生这一事实。

可是，山寨理科生和正牌理科生之间的差别一目了然，做实验时就更为明显。一般是一个课题五六个人一组，光看分工就能知道谁是山寨谁是正牌。明确地发出各种指示、即便是不熟悉的测量器材也会积极动手的是正牌，只是单纯地听从他们的指示行动、明明是错误的指示却也毫无察觉的就是山寨了。而且，山寨理科生绝对不会主动去接触仪器。这一点倒是和坚决不碰录像机的老头老太们很像。

实验一开始，山寨在正牌面前就完全抬不起头。不管被骂成什么样，都只能点头哈腰。因为每个人都有自知之明，如果没有正牌，实验根本做不下去。

所以，小组里哪怕有一个人是正牌也好。悲剧的是那种所有人全是山寨的小组。而我们这一组里，偏偏就全都是这样的人。

实验开始之前，我们组里所有人会争抢当记录员。记录员的工作是记录实验人员读出的数据，然后将其绘制成图表。这是一项即使实际上没有直接进行实验操作，可看上去也还是参加了实验的工作，再适合山寨理科生不过了。如果拿音乐的世界来打比方，就好像一个人说自己参与了曲子的创作，可实际上只不过是将完成后的曲子誊写成乐谱一样。

通过猜拳决定好记录员之后，实验终于要开始了，可总也没法顺利开始，这就是山寨小组的悲哀。即便组装好了器材，却没有人能够判断究竟有没有出错，不得已只能冒险开始实验。由于没法把握实验的内容和目的，所以也不知道得到的数据究竟是不是正确。有很多次都是花了好几个小时，结果只不过是无止境地记录下一些根本没用的数据而已。这种情况下只得重做。我们够呛，负责监督的助教老师也很无辜。

光记录数据还不算结束，一星期后必须将数据分析结果整理成报告提交上去。最伤脑筋的是，必须写明考察结果。我们的考察结果永远是这种感觉："……所以，这次虽然没能得到理想的磁滞回线，但实验本身很有意思。下一次希望能够做得更加顺利一些。完。"

这种和小学生的牵牛花观察日记差不多的东西，完全是在糊弄，连我自己看了都觉得难为情。

但如果是从拿学分这一点来看，实验对我们来说却很宝贵。因为只要参加，虽然问题重重，但报告交过后就没问题了。真正叫人头痛的，其实是如何应对那些考试不及格就拿不到学分的专业课。

稍有良知的人或许会说，去好好学习。但如果能做得到这一点，我们就不用伤脑筋了。能通过学习摆脱困境的，绝对不是山寨理科生。

说实话，我们这帮人除了学习之外，所有的方法都尝试过，不惜时间、金钱和自尊。我们最大的武器，其实不用说各位也知道，就是作弊。这种十分原始的不正当行为，正是我们的救命稻草。

对于企图作弊的人来说，首先抢座位很重要。青春偶像剧或小说里那种匪夷所思的作弊方法也不错，不过现实中可没那么简单。低调是最重要的。确保身处监考官的视线最难捕捉的位置，对坏学生来说是铁的法则。

所以，在遇到可以作弊的考试时，学生之间的座位抢夺战尤为激烈。无论教室里是否空旷，学生们如雪崩般涌进教室后首先抢占的便是后排座位。当然中途也会发生口角。

“喂，那是我的座位。”

“凭什么？我先坐下来的。”

“傻了吧。你看看抽屉。我的笔记本还在里面呢。”

“啊，可恶！这是你昨天放进去的吧。”

“正是。好了，你让开吧。”

“有这东西又怎么样。大学里的课桌，正在使用的人才有使用权。”

“那权利也该在我这儿啊。我从昨天开始就在使用。”

“有什么证据证明你正在用？这笔记本搞不好只是忘了拿而已。”

“这种事你小子才没权利去判断呢。我都说了正在用，那就是正在用。”

“你本人的话不能成为证据。这种情况下需要客观判断。”

“你小子不也算是当事人嘛。当事人就没资格进行什么客观判断。”

证据啊、权利啊、客观判断啊，啰哩啰唆讲了一大堆，其实就是在抢一个适合作弊的座位而已。

确保了座位之后，接下来终于要开始作弊了。作弊的方法分为两种，一种是偷看别人的答案，另一种是抄自己带进考场的小抄。前者不需要特别准备，要准备也只是平时和成绩好的搞好关系，然后就是熟练掌握斜视方法吧。

问题是后者。下定决心在考试时抄小抄是可以，但如果不知道应该在小抄上写什么，那也没用。不管三七二十一全部抄上去也不是好办法。我个人偏爱的小抄，是将大约宽四厘米长十厘米的纸折成可以藏在手掌里大小的折扇扇面形状，然后用制图笔在上面写满大约一毫米大小的字。可就算这样，书写的信息量也是有限的。

精心挑选抄袭的内容——这才是我们山寨理科集团最重要的应试对策，也是我们存活下去的手段。

平时吊儿郎当的我们，一到快考试时就完全变了一个人。听说某人手上有过去几年的考试题目和答案，就满脸堆笑地接近他，谄媚地借过来复印。如果找到了题库书，宁愿牺牲一个星期的饭钱也要买回来。考试临近时，所有人都整天窝在常去的咖啡店里，根据各自收集来的资料商讨考试对策。那时候的对话基本上都是下面这样：

“这几年，每年都出了这道题，今年肯定还会出。”

“解法知道了吗？”

“不知道。不过，这里有个示范答案。”

“哪里哪里？哈哈，看来要用到这个公式啊。把这里的数字代入到 M 然后再乘 N……”

“等下。这里还有一道类似的题，可是这题在乘以 N 之前还求了平均值呢。这是为什么啊？”

“哎，真的吗？哎——真的啊。看上去好像基本上是一样的题目，到底是哪里不一样呢？”

“不知道。你觉得呢？”

“我怎么可能知道。”

“那考试的时候该怎么办？到底是求平均值还是不求呢？”

“嗯……只能凭直觉了吧。剩下的就是赌那二分之一的可能性。”

特意跑去商讨考试对策，可到最后也只能靠神明保佑。我们的团队从人力资源上来讲还是挺强的，可最大的弱点是没有一个可信赖的参谋。不过这也理所当然，能当参谋的家伙也不会跑来参与这种蠢事。

就这样，我们通过不正当手段接二连三地拿下学分，就连电磁学也得以及格过关。现在想想还真有些后怕，真庆幸没被麦克斯韦的怨灵所诅咒。

但事情也不会永远都一帆风顺。依赖小抄其实是一种极端的押宝行为，所以当然也有押不中的时候。对于完全没有相关知识的我们来说，没押到宝的结果会很惨。

另外，还会出现意料之外的突发事件。指导某门专业课的K教授在最开始的一节课时曾说过这样的话：“我出的考题很难，特别难。你们去问学长就知道，靠一知半解的学习是解不出来的。所以，我希望你们能拼了命地学。”光凭这样的豪言壮语也可想而知，课程本身确实非常之难，不管怎么听都听不懂。于是我觉得反正听也没意义，便再也没去上课。

这样的情况原本应该放弃学分就好，可我们却贪得无厌地妄想着或许有办法，打算只去参加考试。我们有些得意忘形，觉得电磁学都过了，这个应该也没问题。我们如同往常一样，收集情报，准备考试。做好小抄之后，意气风发地来到考场。剩下的只有抢座位了。

但是座位争夺战并未上演。教室里竟有两名监考老师，其中一名说道：“请按照点名册顺序坐好。”

我坐在最后一排，顿时觉得自己很幸运。不过那也只是一瞬间而已。

其中一名监考老师竟把椅子搬到我身后坐了下来。

试卷发了下来。如果能看小抄，或许我还能做出些来，但那已不可能。

我只写下名字便站了起来。伴随着身后监考老师“不错不错，很男人”的话语，我走出了教室。

为了恋爱而恋爱的联谊狂人

我很喜欢《相亲红鲸团》这个电视节目。如果要向并不了解的人去介绍它，那么其实它就是个找来单身男女各十名，让他们集体相亲的节目。相亲的场地有时是游乐园，有时是公园，或者是滑雪场。告白一般都是男方主动，他们会走到意中人面前，说些“我凭第一印象就决定好了。虽然我年龄比较小，但还请您多关照”之类的话。有时候还会有其他男人大喝一声“慢着”，中途打断告白。三个人争一个美女是常有的事。如果女方看上了男方，就握住他的手，没看上就低头说声“对不起”。

这是个简单明了的好节目。在自由活动时间里，每个人的行动都表现出试图寻找恋人的男女（主要是男方）的心态变化，看上去还有点情感电视剧的意思。

女方不能主动选择男方是个值得商榷的问题，不过有时候我觉得这样的安排方式作为节目来说倒是更干净利落。如今，这样的集体相亲活动在日常生活里也常常举行，我听说还有旅行社举办过“相亲旅行”，场面还挺盛大。

在我的学生时代当然还没有这样的节目，但类似的节目也不少。具有代表性的是《求婚大作战》。该节目中有一个“Feeling Couple　5 对 5”的单元，首先选出五对男女，在主持人西川洁和横山安的引导下，通过互相提问选出心仪对象。选手们按下手中写有号码的按钮，只有在两情相悦的情况下，连接两人的一排灯才会亮。据说该节目由于高亲民性而有很多观众踊跃报名，可因节目而走到一起的情侣究竟有多长久就不得而知了。

有一次，我在不经意间看节目时，竟发现高中时同班的那些女生出现在节目中。想当初上高中时学校里又不是没有男生，到头来还得参加这种节目，真够丢人的。我刚在心里嘲笑完她们，却又忽然想到，或许丢人的不是她们，而是我们这些没能把她们追到手的男生，顿时心情有些复杂。

由上冈龙太郎和横山诺克主持的《恋爱出击》或许是一个只在关西地区播出的《相亲红鲸团》衍生节目，不过在过激程度上早已不可同日而语。

每期节目中有十多名男性出场选手，而女性只有一位，称作“辉夜姬[①]”，被定位为“所有男人都想交往的女性”，也确实有不

① 日本民间传说故事《竹取物语》中女主人公的名字。

少是美女。

十几个男人为了得到这名“辉夜姬”而挑战各式各样的游戏。不过，拼智商的游戏是一个都没有，全是些锯木头大赛、比谁脸上夹的衣服夹子多、在不用手的情况下拾出水槽里的围棋子这种挺傻的游戏。而最后则是全套餐速食争霸战，选手们如同原始人一般，用手抓起从高级餐厅送来的法国菜直往嘴里塞。

丢脸丢到这种地步，是不是得了第一名就一定能够赢得“辉夜姬”的芳心呢？其实也不尽然。走到这一步只不过是得到了求婚的资格而已。男方求婚后，会被要求坐到椅子上。“辉夜姬”手上拿着同意和拒绝的装置，会选择一个按下去。同意的情况下是事先准备好的彩球礼花，拒绝的话椅子则会掉下去。这可不是简单的坠落。椅子下方是一个玻璃箱，不仅让掉下来的惨状在观众面前暴露无遗，另外还会从四面八方喷出白色的粉末。如此折磨男人的节目也很少见，可这世上还真就有那么多爱折腾的人，听说这节目也因男性报名人数过多而措手不及，而“辉夜姬”这边却一直无人问津，真叫人想不通。

不管怎样，我都深深觉得，无论是从前还是现在，人们所做的那些事在本质上其实都一样。虽说如今人们已经可以活得十分自在，可年轻男女还是会去苦苦追寻一次邂逅的机会。

我所读的大学当时只有工学部、经济学部和农学部，所以几乎都是男生。又因地处大阪郊区，很可能一不小心整个四年里还没和女生说过话就毕业了。

刚入学不久，我就意识到这一严峻形势，开始冥思苦想如何才能有机会接触到年轻女孩。

大概就是在那时，我知道了联谊会和联谊郊游。

刚入学不久，联谊郊游便早早地被提上了日程。目的地是六甲牧场，对方是一所公立短期大学的学生。

“怎么样，参加吗？”

“参加参加，绝对参加。”负责组织的男生询问我时，我简直像只狗似的呼呼喘着粗气点头答道。可听到日期后，我一下子泄了气。是五月三日。这一天有着重要的意义。

当时我加入了射箭部。四月份有联赛，我们这些新成员都得去现场加油。当整个联赛还剩最后一轮的时候，我们队的成绩停留在一个十分尴尬的位置——紧跟在战绩全胜的I大学之后位列第二。最后一轮比赛，如果我们学校胜而I大学输，那么胜率相同并列第一，按规则还要另外举行一场最终决赛，而那场最终决赛预定举行的日子正是五月三日。

坦白说，我们队是赢是输，我根本不在乎，这时最重要的是能否去参加联谊郊游。联赛最后一场时，我嘴上喊着加油，心里却一直在默念“给我输、给我输”。但我的愿望未能达成，我们队还是赢了。就连之前状态一直不好的某前辈都表现得堪称完美，这更是令我咬牙切齿。

接下来就看I大学是否能够获胜了。比赛结果会通过成员间互相打电话的方式通知到个人。部长告诉大家：“你们都给我回去祈祷I大学输掉比赛。”可我却开始做起了完全相反的祈祷。

祈祷似乎有了效果，队友夜里打来电话，比赛结果对我来说是个喜讯。我不禁露出了满意的微笑，但为了不让队友发觉，还是以沮丧的声音做了应答。

就这样，我终于得以参加联谊郊游，但说实话，郊游本身实在是无聊。明明都是大学生了，竟然还被要求玩丢手绢这样的游戏。我之所以老实参与，完全是因为可以和年轻女孩在一起。做着无聊游戏的同时，我也在物色哪个女孩比较好。

或许是因为太久没和年轻女孩接触过，不管哪个看上去都挺可爱。一个长得像糖果合唱团里的藤村美树的女孩吸引了我。我暗自决定就将目标锁定为她，随后便想方设法地接近她，寻找和她熟络的机会。

最后，我总算问出了“美树”的电话号码，但有件事却让我不怎么痛快。我的朋友J似乎也盯上了她。J当然也注意到了我这边的意思，所以我们的视线不时地在空中对撞。

要先下手为强，回家时我这样想。我告诉自己要尽快约她出来。不料竟然遭遇到意料之外的失败。当晚我便因感冒而卧床不起，没能给“美树”打电话，回到学校已是三天后的五月六日。

见到我后，J做出胜利的手势，说已经成功约到她。

见我失落，他拍着我的肩膀，又添了一句：“别那么垂头丧气嘛。可爱的女孩还有很多呢。”

“说是那么说，可其他女孩长什么模样我都不记得。”

“你看这姑娘怎么样？”J说着，让我看他的电话本。上面写着一个我完全不认识的女孩的姓名和电话。

“这是谁啊？”我问道。

“你不记得啦？她长得还有点像歌手冈田奈奈呢。”

“冈田奈奈……”听他这么一说，我觉得似乎的确有过这样一个女生。

“你试着跟这个女生联系看看嘛。她挺可爱的。”

“是吗？”这话听上去莫名其妙，可我却有些动心了，于是让他把电话号码给我。更莫名其妙的是，当晚我竟真打了电话。

“冈田奈奈”说她记得我，而且还说可以一起约会。由于我原本没抱什么期望，所以还挺开心的。而当被问到碰头地点时，我竟然说“纪伊国屋书店门口”。

当天到那儿之后，我才发现自己太失败了。梅田的纪伊国屋书店前面挤满了在等人的男男女女，而且门还有两个。对于完全不知道对方长什么样的我来说，这可是十分糟糕的状况。我逐一地打量起那些站着等人的女孩。这行为完全基于一种毫无根据的理由，那就是我觉得如果一起参加过联谊活动，看到脸或许有印象。

不一会儿，我注意到有一个女孩正朝我这边看。从长相上看我觉得她更像木之内绿，不过要说是冈田奈奈也还说得过去。我怀着忐忑不安的心情接近她，试探性地说了一句“你好”。对方虽然也回应了一声“你好”，但很明显已经不高兴了。后来我才知道，我毫无察觉地在她面前来回走了好几趟。

一开始就这样，接下来的进展也不可能顺利。我们喝了咖啡，看了电影，还一起吃了饭，却总也聊不到一起，两人完全被一股尴尬的气氛所包围。最后我把她送到了附近的车站。回家的路上，我不禁为自己那乱七八糟的行为苦笑起来。随后我又觉得，恐怕再也不会和她见面了。这一预感完全正确。

不过，像这种联谊郊游或联谊会之后，哪怕能有过一次约会，已算得上幸运。大部分都是当时玩得开心，但之后便再没机会和女孩见面。

祇园祭①开始前不久，我们曾和京都某女子大学的学生进行过一次四对四的联谊。集合地点在京都的三条站。为了到时候好认，女孩中有人会戴一顶粉红色的帽子。

从坐上京阪线特快列车开始，我们就异常兴奋。京都的女子大学的学生——光凭这一点，就足以让想象朝着好的方向无限膨胀了。这个状态一直持续到我们出三条站检票口之前。

当我们走出三条站检票口时，忽然有什么东西如忍者一般唰唰地从眼前晃过。是四个女孩。因为其中一个戴着粉红色帽子，我断定她们就是今天要联谊的对象。同一时间，我还听到伙伴们的幻想和希望全都伴随着噗嗤噗嗤的声音萎缩了下去。我觉得，那些声响里也夹杂着自己的心声。

①日本每年 7 月 1 日开始为期一个月的大型祭祀活动。由京都八坂神社主办，是日本代表性祭祀活动之一。

非常遗憾，与其说她们四个人是女大学生，倒不如形容成关西大妈更为贴切。可能说平民化要好听些，不管是样貌还是服装，她们从头到脚都散发出一股市井气息。

我旁边的 J（那时候他已经被“美树”甩了）嘀咕了一句：“喂，该回去了吧。”

其实我们打心眼儿里想直接回去，但那也不可能。她们似乎对我们的印象还不错，笑嘻嘻的。

自我介绍后，大家决定去清水寺。我们唉声叹气地跟在“大妈四人组”身后。只有一个姓 K 井的男生出于身为组织者的责任心，时不时地照顾一下她们的感受。

“大妈四人组”就像大妈一样充满活力。她们一刻也停不下来，大声说话，嘴巴大张地哈哈笑。和她们相反，我们越来越没精神。而当 J 毫不掩饰地带着满脸不快走路时，大妈 A 还关切地问：“怎么啦？不舒服？拉肚子的话我这里倒是有药。”爱管闲事也是大妈的特征之一。

陪了“大妈四人组”一整天后，我们精疲力竭地回到了大阪。回程的列车上，理所当然地全是在发牢骚。我和 J 都拿负责人 K 井当出气筒。

这时，一个姓 N 川朋友的却说出了一句出人意料的话。他竟然说想打电话给那个我在心里起名为大妈 B 的女生。

“好不容易跑那么远，累得半死不活，如果什么收获都没有也太不值了吧！”

N川的话让大家都沉吟起来。确实,哪怕只成一对,那么和“大妈四人组”在京都市内转悠也算是有了价值。

“那要不你就试试吧。”我们说。

“嗯。说实话，我可是好不容易才下定决心做出让步的。”N川说。

是啊，我们回想起大妈B的那张脸，都点头表示同意。

然后，那通电话的结果竟然是N川被拒绝了。他是让步了，可对方却没打算让步。

“被拒绝了我一点都不遗憾。但别人会认为，我大阪F大的N川，竟然被那样的女人，那么丑的女人拒绝了，一想到这个我就十分不甘。”当天夜里，N川在酒馆里喝醉后大叫道。我们十分同情他，替他付了酒钱。

不过我觉得，N川所说的“好不容易忙活一场，如果什么收获都没有也太不值”的心情，是所有参加联谊活动的男生都有的。这并不是“为了恋爱而恋爱”，只不过是能拥有一个追求目标这种事本身就令人十分开心。

比如说有一回联谊郊游之后，我和两个朋友去喝酒。我印象中觉得“今天没收获”，所以想去换换心情。可是我那个姓T木的朋友抱有完全不同的想法。他说来喝酒是因为他很喜欢今天见到的那个叫××的女孩，想跟大家商量商量怎样才能约到她。那个女孩长得有点像太田裕美，确实有些可爱，但不是我喜欢的类型。

“哎？她有那么好吗？”我淡淡地说。

“外形可爱，最重要的是性格不错。”T 木强调道，“随和而且会替人着想。看上去挺温和，其实很有主见，责任心也有。那样的女孩很少见啦。”

“是嘛……”

“我说话她也听得很认真，不会做出那种敷衍的回应。这算是脑子好使的证明吧。”

“哦。”

“那个女孩简直太完美啦。我一定要追。”

那劲头可真是厉害。我听着他那颇具感染力的言论，越来越羡慕。我开始希望自己也能像他那样燃起热情。结果，我竟说出了这样一句话：“好，那我也去追 ×× 试试。”

“啊？”T 木惊讶也是理所当然，“你刚才不是说她不是你喜欢的类型吗？”

“是说过。可是听你说着说着，我也开始觉得那个女孩不错了。”

“神经病！”

T 木虽然目瞪口呆，但当时的我真的会做这种蠢事。第二天晚上，我就给她打了电话。

“喂，我是 ××。”

话筒里传来的是我们的天敌——“女孩的父亲”的声音。我战战兢兢地告诉他找他女儿有事。

“她现在不在家，你是哪位？”

“啊，那个，嗯……”

“到底是谁啊。你不说我就挂电话了。”天敌用他那凌厉的声音质问道。

各种想法在我的脑海里交错而过。一闪念过后，我讲出了这样一句话：“我姓T木。”先把对手的形象搞臭——以上那句话里还包含有这种着实猥琐的想法。

但是这算计落空了。她听到我的留言后，竟查到了T木的电话号码，给他打了过去。结果，我的丑事败露了。而因为这件事，T木还得以开始同她交往。

此后我常对T木说：“我可是为了你才故意那样做的。”当然，从来没被相信过。

传统仪式

大学里加入体育社团，最痛苦的一点应该就是暑假几乎完全泡汤吧。暑假来临前，其他学生都满心欢喜地计划着玩乐或旅行，我们却只能想象着酷暑中那日复一日、起早贪黑的训练，唉声叹气。尤其是我们这种情况，大型的个人赛几乎都集中在夏季举行，不得不付出比平时更多的精力。

但也不是完全哪里都不去。夏天我们还是要离开大阪一次，目的地主要是信州。

或许有人会想，搞什么呀，还能去避暑胜地不是挺好嘛！若是休闲，那的确值得开心。但如果是社团的集体旅行就另当别论了。即将在那里开始的日子，与“优雅”或“舒适”这样的词汇完全无缘。

我第一次参加集体旅行去的地方位于信州的某个湖畔。那里有一家带弓道场的旅馆，老板说这里原本只专门提供给弓道部的成员集体旅行时使用，但由于最近客人数量减少，于是也开始做起了射箭部的生意。

那么，在夜班列车上一路颠簸到达旅馆之后，首先要做的是什么呢？是铺设训练场地。测距离、画线、装好用来放靶子的三脚架等等。当然，这些都是大一新生的工作，监督他们是大二学生的工作，那些大三的骨干负责无所事事。

完工之后，大三学生们便回旅馆了，剩下的大二和大一学生们聚在一起举行某个仪式。

这个仪式充满了体育类学生社团的特色。内容竟是由大二学生教大一学生唱歌，一首是学生歌，另一首是加油歌。他们教授的只有一点，就是什么都别管大声唱，音准什么的根本无所谓。

“喂喂，声音再扎实点，这不是在洗澡放屁。”不管哪个前辈，这时候都会变成河内大叔般的口气。

为什么要学这两首歌呢？因为这两首歌对于体育类学生社团来说不可或缺。尤其是学生歌，一有什么事的时候肯定要唱。集体旅行时每天晨跑后要唱，平时比赛赢了要唱，会餐结束后还是要唱。即便毕业了，还有人在结婚典礼的晚宴上唱。刚才在写这篇散文的中途，我还试着唱了一下，原以为歌词早忘光了，可竟顺利唱完了。这首歌似乎已经在不知不觉中完整地刻印在我的潜意识里。学生歌，真是令人敬畏。

这一仪式结束后，真正的集体旅行生活便正式开始。从早到晚就是训练、训练。肩膀肿得再高、指尖脱皮脱得光秃秃了也不允许休息。另外，大一新生还肩负着处理所有杂务的重任。训练的准备和整理工作就不用说了，就连伙食也不得不准备。被前辈命令帮忙按摩也是常有的事。和其他体育社团比起来，我们这里的上下关系已经不算很严格了，可是把大一新生当新兵使唤这一点完全没变。

当然，集体旅行也不全是辛苦的事。当中还设有仅仅为期一天的全休日，这一天想去哪里玩都可以，喝酒也 OK，晚上还会举行烟火大会。

有意思的是，在那个全休日的晚上，旅馆的主人竟向我们发起了挑战。什么挑战呢？当然是射箭了。

“我们来比比，双方各射五支，看谁射中靶心的次数更多怎么样？”大叔如此说道。但是大叔说他要用和弓。我们的部长露出一丝意外的神色。

“可以是可以，但是说实话，我觉得根本没有必要比。”

这并不是前辈虚张声势，他只是在阐述事实而已。所谓和弓，是日本从古代开始在弓道中使用的弓，使用的材料是竹子，制作方法和构造基本上没变过，和带有瞄准器、融入最新科技的西洋弓即竞技用弓的命中率肯定没法比。日本人第一次参加射箭竞技比赛时就是用的和弓，结果以最后一名的成绩惨败收场。

说句题外话，有很多人在写我的经历时会错写成“大学时代参加过弓道部”，这让我很头痛。这就跟将参加过击剑部的人介绍为“以前是剑道部成员”一样。请各位记住，和弓是《平家物语》里那须与一用的东西，而西洋弓是罗宾汉用过的。再顺便提一下，威廉·退尔用的是石弓，一般称作弩，因外行人也可以操作，所以常被用于犯罪。

话题扯太远了。回到和弓与洋弓之间的对话。

大叔对声称没有必要比的部长说道：“那这样的规则如何？我只要射中靶子就可以，但是你们必须射中靶心的黑色圆圈。”这里大叔所说的靶子是弓道的靶子。它并不像射箭运动的靶子那样，以彩色区分很多同心圆，而是在直径大约三十厘米的白色圆圈中心，画出一个直径十厘米左右的黑圆圈这样一种简单的构造。在弓道比赛中，那个黑圈只不过是为方便瞄准而设的参照物，并不是射中了它就会加分。

“哦。如果是这样，那还挺值得比比看。”部长接受了这一为缩小实力差距而做出的规则改变。

比赛在弓道场举行。代表我们部迎战的，是当时状态最好的U前辈。接受了挑战却不出场，可谓部长的狡猾之处。

结果比赛以U前辈凭压倒性优势获胜告终，大叔连连道“真丢人”。不过大叔的英姿也十分值得称赞。他的箭射中靶子时，我们也都为之鼓掌。那是我第一次目睹和弓与洋弓的对战，也是最后一次。

日子就这样一天天地过去，我们终于迎来了最后一天。最终训练结束后，那些干部提出了一条奇怪的要求：“那个——接下来说一下今晚的事，旅馆的人希望我们不要把澡堂弄脏。相对地，在院子里想怎么样都可以，所以那个——大一新生们行动的时候注意一点。”

每个人都在哧哧地笑，因为大家都明白这奇怪的命令是什么意思。这和集体旅行的传统——某种特殊仪式有关。

最后一晚，当然是庆功宴了。我想情况就不需要重新说明了吧，和前面提到过的迎新会没什么太大差别。接二连三地表演低俗才艺和黄色歌曲，大一新生因“替身棒球拳”而被扒得精光。要说与迎新会的不同之处，应该是大一新生们如今酒量已经很好了。

宴会结束后，前辈们都先回屋去了。大一新生负责打扫，而且打扫结束后也不回屋。

因为我们要开作战会议。大致情形是这样：

“听好了，我会先拉开门，那时候你们就冲进去。”

“明白。那，我抬右脚。”

“我左脚。”

右手是谁、左手是谁、走什么路线，这些都一一确认。

“第二小队呢？”

“埋伏在弓道场的厕所附近了。准备完毕。”

“好，那出发吧。”

喔！每个人都发出低沉的响应，开始行动起来。

我们第一小队首先前往干部们的房间。按照事先商量好的，一个人拉开门的同时，所有人都拥了进去。

干部们正在玩扑克赌钱。看见我们，这些前辈立刻明白了事态。或者说，对于我们会来袭击这件事，前辈们其实早有准备。

“你们想干什么？来吧！都放马过来！”

部长昂首而立。我们冲向他，抓住他的双手双脚，“嗨哟嗨哟”地喊着号子抬了出去，目的地是弓道场的院子。部长被扔到院子中央的同时，埋伏好的第二小队登场了。他们将事先装在桶和脸盆里的水一股脑地全倒在部长身上。

“好！下一个！”

我们扔下浑身湿透的部长，继续抓捕下一个目标，部长后面是副部长。这样让干部们一个个变成落汤鸡，是我们射箭部集体旅行时的传统仪式。原本的做法是连人带衣服直接扔进浴池，但是如果旅馆方面不愿意，就会使用现在这种稍作调整的方法。这个仪式的主要目的，就是让旅行期间一直被压得抬不起头的大一新生们可以在最后时刻发泄一下。

由于这是传统，所以前辈们只要老实地认了就好，可当中也有一些誓死抵抗的。如果那样，我们这边当然也不可能全身而退，有不少同伴都被狠狠揍过。

大一时的集体旅行就像这样有快乐也有痛苦，不过升大二之后，痛苦的部分几乎都不见了。不仅从杂务中解放了出来，而且还没有干部们的那些责任，可以带着放松的心情参加一次集体旅行。既然这样，本该一心执着于练习、努力钻研技术，但可悲的是我们就是做不到这一点，总想着如何才能和住在附近的某女子大学网球部的人混得更熟。

这样的我们终于也到了大三（当中也有因为学分不足没能升学的家伙，但是在社团里还是要当作三年级对待），迎来了作为干部参加旅行的一天。首先要做的是制订日程。以前作为低年级学生参加时是那样讨厌训练，一旦变成干部，却一个劲地想着增加时间，这或许是劣根性在作祟吧。一想到好不容易来到这种地方却还有没在训练的时间，心里总觉得实在是奢侈。从精神构造上来讲，这就和那些不找点什么事做便无论如何也安不下心来的上班族大致相同。而且，取得不了什么显著的成绩这一点也是双方的相同之处。

大三那年夏天，我们和竞争对手 K 大学射箭部住进了同一家旅馆。作为队伍，我们是竞争对手，那边的部长和我在私下也是互不相让。为了那一点面子，我在不知不觉间也曾屡次延长训练时间。说得直白点，就是为了“绝不能比那帮家伙早回房间”而已。

可 K 大学那边似乎也抱有同样的想法，总也不结束训练。于是双方就为了互相较劲而留在训练场，直到四周一片漆黑。这样接连数日，两边都吃不消。如果 K 大学再多留三天，恐怕两边的成员都得崩溃。

说到底，夏季旅行至少还带有“慰劳一下明明是暑假却不能出去放松的成员”的目的，在日程安排上还给干部们留有一定的空间。真正丝毫不敢怠慢的，是每年三月举行的春季集训。因为再过一个月联赛就要开始了。不管哪个大学，在那仅存的时间里，为了让队伍实力哪怕再提升一点点，都制订了突击式的训练计划。

我们同样制作了一份几乎不可理喻的时间表。体育竞技需要一定的休息时间，当时我们的头脑里根本没有这种想法。不，或许有，只不过因为眼前那看不见的压力，让我们失掉了安心休憩的勇气。即便是下雨天，我仍要求成员们做一整天的肌肉强度训练。

然而，靠这种毫无喘息的训练，队伍是不可能变强的。联赛战绩惨淡，我们队也从原来所属的二级联赛降级至三级联赛。

大阪 F 大学射箭部的各位，那个时候让队伍降至三级联赛的罪魁祸首就是我这个部长。对不起。

事到如今我才回想起来，春季集训后的传统仪式上，我被扔进浴池里时，大一新生们脸上的愤恨的确超乎以往。

傻无止境

从很久以前开始人们就常说，日本的大学最差劲的地方就是和入学比起来毕业要简单得多。因为只要在考试时稍微要点手段就能拿到学分，所以即便是游手好闲的学生，也可以顺利升学。

入学已整整三年，我居然仍对电气工学一无所知，就那样升到了大四，现在想想真觉得挺不正常。一路下来畅通无阻，光这事已经挺厚脸皮了，况且我还企图靠这样的考试技巧直接混到毕业。更不知天高地厚的是，我甚至开始考虑如何混进一家企业。

到大四之后，按照毕业课题，我们每几人分为一个小组，被塞进了指导教授的研究室。接下来的一年，我们就要在这里做实验、写报告、开讨论会。但这个房间其实还有另外一个重大意义。这里对我们大四学生来说，还是商讨求职对策的作战基地。

第一次去研究室时，指导教授对我们说："说老实话，今年的求职形势还不明朗。冰河期一直持续到前年，去年才突然有所好转，但也不能说好形势就会一直持续到今年。大部分意见是，去年只是一个偶然的春天，今年仍旧会回到严冬。各位要了解这一情况，现在立刻扔掉某些天真的想法。”

他放着毕业课题不谈，忽然讲起了这些，而且还是关于不景气的言论，我们的心情伴随着咚的一声变得灰暗。

“给大家一个参考。”教授继续道，“能进那种连邻居大妈都知道的公司的，只是极少数优秀学生。如果觉得自己并不优秀，眼光就别那么高。”

又是咚的一声。我的脑海里，若干家著名大型企业的名字稀里哗啦碎了一地。

这一天，我们的求职作战开始了。首先要逐一细读企业介绍。那些迄今为止从未见过和听过的公司，从业务内容到注册资金再到休假天数，所有情报我们都仔细地看在眼里。我觉得很奇妙，因为每每想到万一找不着工作该怎么办的时候，不管多小的公司看起来都是那么出类拔萃。

到了五六月份，企业会公布对大学开放的推荐名额。那时候，我们必须获得大学推荐才能去参加招聘考试，所以大学能拿到哪些企业的推荐名额就成为了命运的十字路口。不管你多想去那家企业，如果对方没给学校推荐名额，那也没戏。

就算自己想进的公司在学校有推荐名额，欢天喜地也还太早。推荐名额这种东西，一家企业一般只给一个。极少数情况下也会有两个，可即便是那样，校方也会先让一个人去参加考试。因为他们害怕万一一次送两人去，成绩较差的那一个会被淘汰。就算是获得推荐，也不见得就一定可以得到工作。

因此我们在接受招聘考试之前，必须首先从大学内部的明争暗斗中胜出。如果各位觉得“明争暗斗”用词不当，也可以说是“运筹帷幄”。

七月的某一天，我们每人都拿到了一张纸。上面有姓名栏，下面还有三个空。

“把自己想进的企业，从第一志愿开始按顺序写三个交上来。”发纸的助教老师说。

同时，他就分配以及获得推荐名额的运作方式进行了说明。可以简单概括为以下内容：

“如果将某企业选作第一志愿的只有一人，那么那个人就获得推荐名额。若有两人以上，经筛选后成绩优秀者优先。第一志愿落选的人继续看第二志愿。如果第二志愿的企业没有其他人选择，那么可以立刻得到推荐名额。如果有人在第一志愿填了这家企业，那么不管成绩好坏，第一志愿的人有优先权。如果同样都填第二志愿，成绩优秀者有优先权。接下来以同样的方法筛选第三志愿。还无法拿到推荐名额的，之后另行商议。”

一句话归纳，这并不是仅仅盲目写下三个自己想去公司的名称就可高枕无忧的事。不适当地要些手段，搞不好就会落得个“之后另行商议”的下场。

不用我说各位也都应该明白，到了这种时候，决定胜负的关键就在情报量上。掌握什么人将哪家公司选为第一志愿是先决条件。尤其是那些看上去成绩比自己优秀的人，必须要一个不漏地查清楚。

“如果要成为一名上班族，我希望进一家制造交通工具的企业。”我早就这么想。几乎所有朋友在选择公司时，都将可以直接从家里往返作为首要条件，而那种事对我来说根本无所谓。

于是我将第一志愿定为在整个日本也算得上首屈一指的K重工。我要进这里，我要造飞机！我是这样想的。

但是当我将这些告诉助教老师后，老师的脸立刻沉了下来。“你，还是放弃那念头吧。”他说道。

“啊？为什么？”

“嗯……虽然有些难于启齿，不过，A也选了K重工。”

“哎？”我大吃一惊。

A是和我同一个研究室的朋友，在我们整个电气工学专业里也算是数一数二的人才。他决定要来我们研究室之后，连教授都感动了，他看着A的成绩单说：“成绩如此优秀的学生竟然会来我们这种不起眼的研究室啊。”

这可不行，我立刻就想通了，决定转换方向。

接下来，我看上了位于爱知县的日本最大的汽车制造商——T汽车。但我觉得希望应该也很渺茫。因为其他人不可能放过这家公司。

果然，后来我得知隔壁研究室的才子已将其列为第一志愿，

到头来还是 ×。

也就是说，当初指导教授那句话得到了应验——“能进那种连邻居大妈都知道的公司的，只是极少数优秀学生”。我决定剑走偏锋，试着去找一些并不广为人知、实际上规模又很大、还是做交通工具相关业务的公司。可能有人会说哪有那么刚好都吻合的公司，不过结果还真找到了一家。那就是和之前提到的 T 汽车同属一个集团的汽车配件制造商 N 公司。因为那是个几乎不做电视广告之类宣传的配件制造商，邻居大妈根本不知道。同理，学生当中不知道的肯定也很多。

“这次的着眼点很好嘛。不错不错。”看着求职信息杂志，我不禁笑出了声。

但是，抱有同样想法的肯定还另有人在。果然，我得到消息，其他研究室的一个男生也盯上了 N 公司。而且棘手的是，和那家伙比起来，我的成绩到底是好是坏，还没有任何头绪。

那么接下来就要运筹帷幄了。我首先故意放出了自己也正以 N 公司作为第一志愿的消息。因为我断定，敌人肯定也不知道双方成绩的优劣，听到这个消息时，或许会选择改变想法。

接下来就是比耐心，也可说是懦夫博弈。提交志愿的期限已经逼近，而对方出什么牌还不知道，再磨磨蹭蹭可能就得不到推荐名额。

而在提交截止日当天，我终于得到了敌人已将志愿变更为 D 工业的消息。不知道是凭怎样的根据，他似乎得出了自己的成绩或许在我之下的结论。

就这样，我终于得以神清气爽地将写有“第一志愿 N 公司”的纸交了上去。

不过并不是所有人决定志愿时都如此曲折。有不少人都以一种十分随意的方式，做出了或许将左右自己一生的抉择。有的人在纸上写了三家工资和休假天数几乎一样的公司，志愿顺序则靠扔骰子决定。还有人觉得在酒馆喝醉后写下的公司名称是“某种缘分”，直接就交了上去。

总之，大家都没有“无论如何都想进这家公司”这种称得上坚定的理由。说得直白些，就是哪里都可以。就算是我，如果被问起“是不是非 N 公司不可”，恐怕也要摇头。根本没好好考虑过将来。只不过放纵游玩了四年的毛头小子，绝对不可能严肃地去选择一家企业。

不管怎么说，志愿就这样定了下来。接下来是企业参观。表面上说是参观，从本质上说这是入职考试其实也可以。为此需要先将简历邮寄过去。

可就连这写简历，对于不谙世事的傻瓜们来说都不是件简单的事。

“喂，‘兴趣爱好’那一栏你写什么？”朋友问我。

“滑雪、电影，反正就是这一类的吧。”我答道。

“不能写读书吗？”

“我还是决定不写。万一在面试时被问到最近读过什么书可就糟了。”

“那倒也是啊。那，接下来的‘特长’呢？”

“特长啊……”我哭丧着脸，“那一栏我也正愁着呢。也没什么证书，珠算啊书法啊英语会话全不会。搞不好老老实实地写‘无’还好点……”

“我怎么觉得，那看上去好像很无能呢……”

“本来就是啊。”

我们只得冥思苦想。

其实我们并不是“看上去好像很无能”，而是真的很无能，所以这也是没办法的事，可当事人却没这份自知之明。最终，我们在“特长”一栏写下的是：“连做一百个俯卧撑”。看到了这一条，指导教授当场命令我们擦掉——这不是明摆着的事嘛。

简历写完了，接下来必须准备贴在上面的照片，但是一头烫过的长发外加皮夹克的照片又不能贴。

我首先去阪急百货店买了学生求职时常穿的那种深蓝色西服和竖条纹领带。这样的装扮常被说成是太单调或者没个性，可万一胡乱彰显个性而导致没被录取，谁也不会替我负责。公司人事部的人常常说“不会以个性太强为由不录取”，这句话就连不谙世事的学生都知道是谎言。

服装备齐之后，接下来还需要将发型也变得没个性。我来到从高中开始就一直去的那家理发店，说了一句：“我要去参加求职考试，帮我理个合适的发型。”

“哦，你也要开始找工作啦。真是快啊。”一直以来把我的头发剪得时短时长的师傅略有感触地说，“合适的发型，那就是求职头啦。”

“嗯，差不多吧。”

“好的。”师傅卷起袖子，表情好像在说，我已经等不及要大显身手了。

几十分钟后，发型改造完成了。映照在面前镜子里的，是一个陌生男人的脸。头发中间的那道印儿看上去甚至让人觉得有些痛，精准的三七分下的那张脸，简直就是银行职员的翻版，或者说是瘦下来的藤山宽美。此前被头发所遮挡的皮肤因为没有被晒到过而显得特别白。这发型跟我当时穿的T恤和牛仔裤完全不配，感觉有些难为情。

“这个头看上去跟另外装上去的一样。”我说。

“那才好啊。”师傅点头道。

走出理发店，回家换上西服，我直接去了照相馆。照相馆老板看了一眼我的发型说：“是找工作用的照片吧？”我回答说“是的”。

“现在好多人都去自助拍照机那里凑合，小兄弟你不错。”老板夸赞我道。随后他又添上一句：“为了让你能被录取，我要把你照得聪明点、认真点。”好像我本人看上去又傻又马虎似的。

可三天后出来的照片里那张男人的脸，不管怎么看，都像是一张不法推销员的脸。我真想数落那老板这到底哪里看上去聪明哪里看上去认真，可因为也没有重新照的时间，只好直接贴在了简历上。

七月过半，终于要开始动真格的了。先是已经完成企业参观的学生们陆续带回的各种情报，主要是关于面试时的问题。选择本公司的理由、想做怎样的工作、学生时代是怎样度过的等等，全是些意料之中的问题。面试时间平均大约十几分钟吧。

但是去了我最初第一志愿 K 重工的 A 的话却让大家震撼。他居然接受了超过一个小时的面试，而且那并不是普通的面试。据说他被要求在黑板上将自己的毕业课题详细地向面试官说明。当然也遭遇了提问攻势。从他那因粉笔灰而变得灰白的深蓝色西服的袖口，可以想象到他当时侃侃而谈的风姿。

如果不是 A 而是自己去 K 重工——这个假设让我后背发凉。估计我一定在中途就立地成佛了。

很久之后我才明白，这似乎是极个别情况。好像是面试官当中碰巧有人对 A 的研究课题抱有强烈的兴趣。这个 A 自然毫无争议地通过了面试，现在正走在顶级精英的大道上。

我去 N 公司的时刻终于来临。展览大厅等形式上的参观活动结束后，马上就是面试。面试官有三个。除了那些大致能想象到的问题之外，还稍微被问到一点关于在射箭部担任部长时的问题，其他再没什么值得一提。

“好，可以了。辛苦了。”

听到这句话，我终于松了口气站起身来。坐在最右边的面试官轻轻说了这样一句话:“这照片跟你真人相差很大啊。”

“哎?是吗?”我稍微踌躇了一下。

“下次还是贴张更自然的照片比较好。”

“啊,好……”

走出房间后,我陷入沉思。“下次”是什么意思?是“今后应聘其他公司时”的意思吗?

回到大阪后的那段时间,我简直坐立难安。我甚至想着如果没通过,是不是该去那家照相馆放把火。因为照片的问题而没被录取,这可是听都没听说过。正因为这样,当我从指导教授那里得知已被录取的消息时,真是打心眼儿里高兴。

朋友们陆续找到了工作,其中也有失败多次的。令人意外的是,那些失败的人当中,成绩优秀的反而占多数。看起来只要对自己有信心,在面试时就不会对自己的原则做出妥协。“不管什么工作我都愿意做”,这句话他们说不出口。“越没有尊严的学生越容易找到工作”,我觉得这话听上去有些耐人寻味。

总之,我就这样进了N公司。

第二年三月末,我住进了公司的单身宿舍。那时,我得以再次眺望公司总部的景色。日本最大的汽车配件制造商,它看上去像一座巨大的白色要塞。

“从现在开始往后的三十多年,我都要在这里工作啊。”这样一想,我立刻被不安和恐惧包围。好的,加油吧!此时的我并没有体会到这种踌躇满志的感觉。

“不管怎么说，”我告诉自己，“犯傻也就到此为止了。今后要认真地生活。”

当时我做梦也没想到，数年后的自己，竟会因再次犯傻而夹着尾巴逃出了公司。

图书在版编目（CIP）数据

我的晃荡的青春／〔日〕东野圭吾著；代珂译.－
海口：南海出版公司，2015.9
（东野圭吾作品）
ISBN 978-7-5442-7886-7

Ⅰ.①我… Ⅱ.①东…②代… Ⅲ.①长篇小说－日本－现代 Ⅳ.①I313.45

中国版本图书馆CIP数据核字（2015）第169105号

著作权合同登记号 图字：30-2015-022

我的晃荡的青春

〔日〕东野圭吾 著
代珂 译

出　版　南海出版公司　（0898）66568511
　　　　海口市海秀中路51号星华大厦五楼　邮编 570206
发　行　新经典发行有限公司
　　　　电话（010）68423599　邮箱 editor@readinglife.com
经　销　新华书店

责任编辑　张　锐
特邀编辑　王　雪
装帧设计　韩　笑
内文制作　王春雪

印　刷　北京中科印刷有限公司
开　本　850毫米×1168毫米　1/32
印　张　7.25
字　数　143千
版　次　2015年9月第1版
印　次　2019年5月第26次印刷
书　号　ISBN 978-7-5442-7886-7
定　价　35.00元